THE PROM

ALFAGUARA

SAUNDRA MITCHELL

con

BOB MARTIN, CHAD BEGUELIN y MATTHEW SKLAR

The prom

Una novela basada en el exitoso musical de Broadway

Traducción de **Ricard Gil**

ALFAGUARA

The prom

Título original: *The Prom*

Primera edición en España: octubre de 2020
Primera edición en México: noviembre de 2020

D. R. © 2020, Saundra Mitchell, Matthew Sklar, Chad Beguelin y Bob Martin

D. R. © 2020, Penguin Random House Grupo Editorial, S. A. U.
Travessera de Gràcia, 47-49, 08021, Barcelona

D. R. © 2020, derechos de edición mundiales en lengua castellana:
Penguin Random House Grupo Editorial, S. A. de C. V.
Blvd. Miguel de Cervantes Saavedra núm. 301, 1er piso,
colonia Granada, alcaldía Miguel Hidalgo, C. P. 11520,
Ciudad de México

www.megustaleer.mx

D. R. © 2020, Ricard Gil Giner, por la traducción

ISBN: 978-607-319-717-5

Impreso en México – *Printed in Mexico*

El papel utilizado para la impresión de este libro ha sido fabricado a partir de madera
procedente de bosques y plantaciones gestionadas con los más altos estándares ambientales,
garantizando una explotación de los recursos sostenible con el medio ambiente y beneficiosa para las personas.

Penguin
Random House
Grupo Editorial

Te quiero mucho, mamá.
Gracias por regalarme el mundo

El baile de graduación

La revista *Broadway Score!* charla con Dee Dee Allen y Barry Glickman durante los ensayos de su nuevo espectáculo, *ELEANOR*.

(viene de la página 2)

Glickman y Allen me invitan a su santuario, la zona de bastidores del Alliance Theatre. Hay evidencias de la producción por todas partes. De una hilera de cabezas de gomaespuma cuelgan las pelucas grises y las prótesis dentales que Allen se coloca para transformarse en la señora Roosevelt y, como no puede ser de otra manera, la silla de ruedas de Franklin Delano Roosevelt reposa en un rincón, con el asiento ocupado por un puro habano (de verdad) y unas gafas (de atrezo). Pese a que el tema de la obra es muy serio, Glickman, ganador del premio Drama Desk, y Allen, ganadora de un Tony, no paran de bromear entre ellos y con nosotros.

BS!: ¿Qué significa para una de las grandes damas de Broadway…?

BG: ¡Creo que esta pregunta es para mí, Dee Dee!

DA: ¡No me harás sombra, cariño!

[Nos echamos a reír y reformulamos la pregunta.]

BS!: ¿Qué significa, para dos de los grandes actores de Broadway, trabajar juntos en un espectáculo como *ELEANOR*?

DA: Siento sinceramente que va a cambiar la vida de mucha gente. ¿Tú qué opinas, Barry?

BG: Estoy de acuerdo. He llegado a la conclusión de que no hay ninguna diferencia entre un famoso y el presidente de Estados Unidos.

DA: Cuando contraiga la tuberculosis en el segundo acto, hasta los muertos se pondrán en pie.

BG: ¡Y el suelo se llenará de pañuelos de papel! Si el público no sale deprimido de la sala, no habremos hecho bien nuestro trabajo.

DA: Tenemos el poder. Un poder literal.

BG: Sin necesidad de mencionar cierto espectáculo que

acabó con la carrera de un productor, una estrella del pop y un héroe de cómic, hay que recordar que tener mucho poder conlleva una gran responsabilidad.

DA: Y creo sinceramente que nosotros somos lo suficientemente geniales para manejar la situación.

Extracto de una crítica teatral
del *New York Times*

Franklin D. Roosevelt no podría soportar esto

… Dee Dee Allen encarna a Eleanor Roosevelt del mismo modo en que el diablo se apodera de la monstruosa muñeca Annabelle en la serie de terror del mismo título, pero con menos gracia y encanto. En lugar de mostrar al público el activismo de la primera dama, Allen se lo embute por la garganta: un cóctel Molotov de bandera americana en llamas, empapada de sirope.

Cabría esperar que, en comparación con las payasadas estridentes y machaconas de Allen, la interpretación de Glickman ofreciera un respiro al espectador. Pero eso sería un error. El Roosevelt de Glickman podría perfectamente ser la interpretación más insultantemente desatinada y ofensiva que este crítico ha tenido la triste desgracia de soportar. El veterano Glickman carece de la pasión o la sutileza del antiguo presidente, y el intento del actor de imitar un acento de la zona central de la costa atlántica es tan risiblemente fallido que se queda en algún lugar al oeste de Nueva Jersey.

Si está usted pensando en comprar una entrada, hágase un favor. En su lugar, encuentre un modo de contraer la tuberculosis. Es una manera horrible de morir, pero es mil veces preferible a ver cómo esta Eleanor se suicida a cámara lenta.

1

Edgewater, Indiana

EMMA

Nota para mí misma: no seas gay en Indiana.

En realidad, es una nota para los demás. Porque yo ya soy gay en Indiana y, alerta de *spoiler*, es una auténtica mierda.

Lo anuncié en internet antes de contárselo a mis padres en Emma Canta, mi canal de YouTube, donde salgo tocando la guitarra, principalmente versionando las canciones populares del momento. La gente te deja más comentarios si cantas canciones conocidas, y a mí me gusta que me dejen mensajes. No tengo muchos amigos, de modo que estos pequeños saludos digitales me hacen sentir menos sola en el mundo.

No estoy intentando que alguien me descubra ni nada parecido. En primer lugar, porque, literalmente, eso no funciona nunca y, en segundo lugar, porque la sola idea de la fama me produce pánico. Ya tengo la sensación de que todo el mundo está enterado de mis asuntos. Pero claro, esto se debe a que, en efecto, están enterados de mis asuntos. Un paso en falso y salió en todas partes.

Os cuento lo que sucedió.

Imaginaos el verano anterior al primer año de instituto.

15

Y ahora imaginadme a mí: tímida y apocada, con unas gafas de montura gruesa que agrandan tanto mis ojos que parezco un búho. Participo en un picnic para jóvenes organizado por Vineyard, una de esas iglesias nuevas que se promocionan como si fueran una marca comercial y tienen sacerdotes jóvenes que tocan la batería.

Realmente dejan en evidencia a otras iglesias como la luterana y la bautista misionera y al resto de los lugares de culto convencionales que abundan en Edgewater, Indiana. Aquellos letreros tan cursis que solían poner cosas como ¿QUÉ LE FALTA A NUESTRA IGLESIA? ¡LE FALTAS TÚ! empezaron a volverse más sarcásticos cuando se inauguró la Vineyard.

Como es natural, esto significa que todos los adolescentes quieren ir allí. Rebelión de alto nivel, ¿verdad? «¡No, mamá, quiero ir a la iglesia guay, donde puedo llevar vaqueros durante la misa!» Y, como es natural, también significa que aquellas invitaciones de las asociaciones juveniles que solían degenerar en fiestas de ponche y bizcocho en lóbregas salas escolares de pronto han dado lugar a grandes picnics al aire libre donde se sigue sirviendo una comida que deja bastante que desear, porque siguen estando organizados por una iglesia.

Y así es como terminé con un plato de albóndigas con salsa de barbacoa entre las manos. He oído demasiadas historias de terror sobre la ensalada de patata, la ensalada de huevo, la ensalada de macarrones y sobre cualquier ensalada que recurra a la mayonesa para pegar todos sus ingredientes, y también he leído que las minizanahorias son zanahorias que no pasan los controles de calidad que luego se tiñen y se reducen, así que tampoco las quiero ni ver.

Una olla de albóndigas humeantes no transmite precisamente una sensación de diversión estival (¿tal vez en Suecia?), pero su contenido parece seguro. Las tengo ya en el plato, pero ahora estoy intentando descubrir cómo comerlas sin ponerme perdida. Estas cosas son inmunes a los tenedores y a los cuchillos, que es lo único que tengo a mano.

Hay una larga cola en las mesas de la comida y no me apetece esperar a que me toque el turno para conseguir una cuchara. Tampoco tengo ganas de llamar la atención colándome con una excusa del tipo «¡Es que solo necesito una cuchara!». Hasta las personas más encantadoras y atractivas son objeto de miradas reprobatorias cuando se saltan la cola de la comida en un almuerzo campestre, y yo, como mucho, puedo llegar a ser resultona.

Además, ¿quién se come las albóndigas con cuchara? «Cara albóndiga» no sería el peor insulto que me han dedicado, pero en este momento tengo la sensación de que sería el peor.

Alerta de *spoiler*: no es el peor. Pero ya llegaremos a eso.

De modo que aquí estoy, intentando llevarme a la boca este alimento para ninjas, cuando aparece ella. Pelo ondulado de color caoba, piel bronceada, ojos oscuros. Ella se detiene. Yo me detengo. El mundo se detiene. Probablemente, el universo se detiene; no soy capaz de explicar las leyes físicas que participan en esto.

Solo puedo decir que la magia interviene, porque en ese momento, Alyssa Greene me mira y se convierte en una diosa. Una diosa radiante, amable, inteligente y divertida con un brillo de labios reluciente que, de pronto, me entran ganas de saborear.

La verdad es que no me sorprende haberme quedado tan prendada de Alyssa Greene. Siempre me han gustado las chicas. De pequeña ya era una lesbiana en potencia. En sexto grado, estaba loca por Madison de *Talk to the Hand*, y no porque quisiera ser amiga suya. Y ahora soy una lesbiana normal y corriente, pero de tamaño adolescente. Le dedico pensamientos a Ariana Grande (pensamientos impuros) y me parece que, si llegara a conocer a Lara Jean de *To All the Boys I've Loved Before*, podría ayudarla a montar la secuela *To All the Girls Who Eclipsed Them*.

Lo que me sorprende es que Alyssa pase de largo de todos los comensales que se sientan a la mesa de los postres y me ofrezca un palillo gigante. Con una sonrisa deslumbrante, dice:

—Esto es lo único que funciona.

No me sorprende que sea simpática, sino que se haya fijado en mí. Que de algún modo yo sea visible para la chica más bonita que nunca haya respirado. Y las sorpresas no se terminan aquí, porque entonces me toca la mano. Y se queda a mi lado mientras ensarto una albóndiga tras otra. Incluso me deja compartir una con ella. ALLÍ MISMO. EN EL PICNIC DE LA IGLESIA.

Sobre el césped, la gente juega a Cornhole (un juego que consiste en lanzar bolsas y meterlas por un agujero) y una canción de rock cristiano retruena por el altavoz, cortesía de la *playlist* del iPhone del párroco Zak. El cielo es inabarcable y perfectamente azul, y Alyssa Greene anota su número en mi teléfono. Luego me obliga a enviarle un mensaje, para que así ella tenga también el mío.

Aquella misma noche grabé una versión de TSwift para

Emma Canta. Estaba tan emocionada, me invadía una sensación tan fantástica y azucarada, que conté al mundo que me había enamorado de una chica, sin pensarlo dos veces. Sin el más mínimo titubeo. Subí la canción, le puse una carátula medio decente y me fui a dormir.

Me despertó mi madre.

Es probable que algún día esta sea una historia muy divertida de contar, pero mi madre me despertó a trompazos y me colocó una captura impresa de mi página de YouTube delante de la cara. Y cuando preguntó, «¿Qué significa esto?», lo único que pude decir fue: «¡No lo sé!», ¡porque no lo sabía!

—¡Nosotros no te hemos educado así! —chilló.

—¿Así?, ¿cómo? —pregunté yo, porque, como ya he dicho, me acababan de despertar de un sueño profundo con una hoja de papel aplastada frente a mi cara.

Mi madre se incorporó para alcanzar la poco impresionante altura de metro sesenta.

—Sabes perfectamente de qué te estoy hablando, Emma.

¡Pero no lo sabía! ¿No me habían educado para… cantar por internet? ¿Para colgar vídeos ataviada con el fabuloso pijama de color salmón que mi abuela me había regalado por Navidad?

La verdad es que, al cabo de un par de segundos, mi cerebro ató cabos. La noche anterior había colgado un vídeo lleno de emoticonos de corazón, en honor a la chica que me había regalado un palillo para nubes de azúcar. (Y una versión muy pasable de «Our Song», en mi opinión.)

Y después de haber publicado yo el post, alguien de la ciudad debió de visionarlo y (exacerbado o exacerbada en su

19

delicada sensibilidad) debió de informar inmediatamente a mi querida madre. (Es imposible que hubiera encontrado ella sola mi página de perfil y la hubiese impreso como si fuera la receta de una ensalada crujiente de fideos ramen.)

En aquel momento, supongo que estaba demasiado aturdida como para temer a mis padres, quienes, como yo sabía perfectamente, llevaban toda la vida siendo miembros de una iglesia que odiaba oficialmente a los homosexuales, aunque era «demasiado fina» para reconocerlo de forma pública. Debí de interpretar su silencio como una aprobación, cosa que históricamente ha sido una pésima decisión. De modo que dije la verdad.

—Esa chica me gusta.

—Bien, pues ya puede dejar de gustarte —me soltó, como si uno pudiera decidir dejar de ser gay como quien cancela una cuenta de Netflix—. ¡No permitiré algo semejante en esta casa! ¡No bajo mi techo!

Si esta fuera una historia pensada para conmover a la gente, al estilo de *Sopa de pollo para el alma*, ahora es cuando yo diría, en efecto, fue difícil durante un tiempo, pero luego mis padres recordaron que yo era su única y adorada hija, y que me amaban de manera incondicional. Se afiliaron a una asociación antidiscriminatoria y empezaron a llevar camisetas en los desfiles del orgullo gay con frases de vergüenza ajena como ABRAZOS GRATIS DE MAMÁ Y ABRAZOS GRATIS DE PAPÁ. Al cabo de un tiempo llevé a mi novia a cenar a casa y, cuando por fin nos graduamos, ya habían dejado de llamarla «tu amiga».

Lo lamento. Vuestra alma se va a quedar sin sopa por esta vez.

Se pasaron semanas discutiendo lo que debían hacer: campamento de conversión o desahucio. Y, finalmente, después de dejarme coger la guitarra y las cosas de la escuela, me pidieron la llave y me echaron de casa. Toda mi ropa, el ordenador portátil, la colección de tarjetas de felicitación que guardaba desde los seis años... Tengo entendido que quemaron todo lo que no pudieron donar. Qué melodramáticos, ¿verdad?

De modo que ahora vivo con mi abuela, mi yaya, a dos manzanas de casa de mis padres, en Edgewater, Indiana. Soy la única chica abiertamente gay de todo el instituto y, por suerte, conservo todavía mi canal de YouTube.

Es vulgar y bastante agresivo, y sé que nunca se hará viral. Pero tengo algunos subscriptores, y cuando escriben comentarios, siento que son como amigos. Amigos con los que tengo cosas en común, amigos y amigas homosexuales. Los necesito. Los necesito tanto que me lo tomo como una colección de cartas de Pokémon: quiero tenerlos a todos.

Hay lugares donde ser gay está de moda. Nueva York, San Francisco..., lugares imaginarios, en tierras imaginarias, muy lejos de aquí. Pero Indiana no es uno de esos lugares. Así que este es mi consejo: no seáis gais en Indiana, a no ser que os resulte totalmente inevitable.

Aquí no os espera nada más que sufrimiento.

2

Edgewater, Indiana

ALYSSA

Como es probable que nunca hayáis estado aquí, dejad que os diga que Indiana es un lugar precioso.

A veces, por la noche, la luna brilla de tal manera por detrás de las nubes que el cielo parece un manto de seda de color perla. Me levanto a las cinco de la mañana para ir al instituto, y a esa hora las carreteras están bañadas por una niebla plateada. Justo antes de que salga el sol, cuando mi autobús gira a la izquierda por la carretera estatal 550, todo se vuelve carmesí, luego de color lavanda, luego rosa.

En verano, hay acres de luciérnagas. En el bosque hay un estanque tan cristalino que puedes bañarte. Las frambuesas, las moras y las zarzamoras crecen a lo largo de las vallas de madera, y puede cogerlas quien quiera. Al llegar el otoño, los colores estallan y los vergeles de manzanos quedan a disposición de todos. ¿Habéis probado alguna vez el bizcocho frito caliente con mantequilla de manzana? Está riquísimo.

El invierno es como el que sale en las tarjetas navideñas. Campos ondulados, mantas de color blanco, el susurro de la nieve al caer y unas noches tan negras que puedes ver la Vía Láctea. En los días más claros, los campos se extienden hasta el infinito. Es una expansión plateada y reluciente, que se alarga hasta rendirse al llegar al horizonte azul y helado.

Indiana se asocia a ciudades pequeñas, desfiles del Cuatro de Julio y baloncesto. Demasiado baloncesto, en realidad. Este deporte se considera una religión en nuestro estado. Si entras en el instituto sin haber jurado lealtad a los IU Hoosiers o a los Purdue Boilermakers, te meten en una madriguera de topos para toda la eternidad.

(Los Fighting Irish de la Universidad de Notre Dame gozan de una dispensa especial; se te permite animarlos, pero siempre serás un poco sospechoso.)

Apoyar al equipo de nuestra escuela, los James Madison Golden Weevils, es clave en Edgewater. Cuando se celebra alguna fiesta, nunca es en honor del equipo de fútbol americano. Ni hablar. Son los antepenúltimos del estado, para nosotros es como si no existieran.

Las fiestas se organizan siempre para el equipo de baloncesto. El baile de graduación es para el equipo de baloncesto. Los espectáculos de animadoras, la venta de pasteles, la venta de papel de regalo, la venta de palomitas de tamaño industrial…; todo está pensado para el baloncesto. ¡Vivan los Golden Weevils!

En consecuencia, el equipo de baloncesto es la razón por la cual las entradas para el baile de graduación están estrictamente racionadas. Entre el equipo universitario (de primera a tercera categorías), el equipo júnior (dos categorías) y el preparatorio de primer año (¡cuatro categorías!), tenemos ya ciento cincuenta atletas garantizados, con sus probables ciento cincuenta parejas, y el jefe de bomberos ha dicho que no puede haber más de cuatrocientas personas en el gimnasio del instituto.

De manera que, cuando los Futuros Almacenadores de Maíz de América (FAMA) instalan su mesa para vender las entradas para el baile en el Salón de los Campeones (el vestíbulo donde se exponen los trofeos), cuentan con tres objetos esenciales:

1. Una caja para el dinero. Las entradas solo pueden comprarse al contado, y ni se te ocurra traer un cheque firmado por tus padres. Los FAMA desprecian los cheques para Momentos Inolvidables de tu mamá.
2. Un fajo de entradas diseñadas por el único chico de la escuela que sabe utilizar bien el Photoshop. («Bien» es la palabra correcta; aquí todo el mundo sabe poner filtros en el Insta, pero cuando se trata de textos, es como si un *subreddit* se envenenara de tipografías y empezara a vomitar Papyrus y Comic Sans).
3. La lista. La lista tiene dos columnas: Nombre. Nombre de la pareja. Ambas están inextricablemente entrelazadas. No hay entradas para personas que vayan sin acompañante en nuestro baile de graduación. Esta lista es la razón por la cual he estado manteniendo un serio debate con mi novia en relación con el baile.

Estamos en el último año de instituto; esta es nuestra última oportunidad. Y sí, claro que deseo con toda mi alma ir con

25

ella al baile y bailar bajo la luna de cartón y las estrellas de papel de aluminio. Claro que quiero mirar esos extraños ojos de color canela que a veces se vuelven azules y a veces verdes, dependiendo del color de la ropa que lleve puesta. Claro que quiero abrazarla y dejar que el mundo entero se desvanezca a nuestro alrededor.

Pero no se desvanecerá.

Aquí seguro que no. Y menos si mi madre está mirando.

Que quede muy claro: no me avergüenzo de ser lesbiana. Amo el amor y amo a mi novia. Me gustan los murmullos y los besos secretos. Me gusta acurrucarme a su lado en el sofá de terciopelo de su abuela y ver películas cuando la lluvia llega desde el oeste. Me gusta que nuestras manos tengan exactamente el mismo tamaño, pero que en cambio ella tenga los pies pequeños con unos dedos superlargos. Cuando canta, la amo todavía más. Tanto que me duele, como si hubiera una mano que me apretara el corazón hasta convertirlo en un diamante.

Ella parpadea como una luciérnaga, porque tiene el pelo dorado, pero casi castaño; los ojos azules, pero casi verdes. Cuando se quita las gafas, me gusta presionar mi nariz contra la suya solo para mirarla. Eso la hace reír y sonrojarse, y sus mejillas se vuelven de pronto tan rosadas como sus labios. Es duro tener que susurrar nuestro amor, en vez de gritarlo a los cuatro vientos.

Pero la realidad es que mi madre no está preparada. Ahora mismo está muy frágil. Está frágil desde que mi padre se fue. Para él fue muy sencillo. Agarró una bolsa de deporte y se sumergió en la noche. Creó una nueva familia. Claro que, teniendo en cuenta el día en que nació mi hermanastro, debió de crear esa nueva familia antes incluso de irse de nuestra casa.

Y desde entonces mi madre vive en una delicada burbuja de cristal. Ella cree que si va más a la iglesia, si reza con más fuerza, si limpia mejor la casa, si pierde nueve kilos, si me educa correctamente, si por fin consigue preparar con éxito la receta para el estofado que le dio su suegra…, mi padre no tendrá más remedio que volver a casa. La fe brilla en sus ojos; es como un transformador que haya recibido el impacto de un rayo. Como un chorro caliente, rápido e incesante que se derrama.

Este ardor implica que tengo que ser la hija perfecta. Debo sacar un sobresaliente en todas las asignaturas y ganar créditos adicionales para que mi promedio general supere en mucho la nota media exigida. Mis universidades de reserva tienen que ser la primera opción de los demás. Tengo que dar clases en la escuela dominical y mis niños deben ser los mejores preparando esas manualidades tan preciosas que hacen llorar a los padres.

Pero si soy presidenta del consejo estudiantil es porque yo lo elegí. Porque creía que podría cambiar las cosas que exigían un cambio y reforzar las que era necesario reforzar. Aun así, voy a ir al baile de graduación con un vestido de color lila, tirantes de espagueti y largo hasta las rodillas, y mi madre ha tenido que trabajar sesenta horas a la semana durante un mes para poder pagarlo. Es un vestido que lleva lentejuelas de Swarovski en el corpiño. Swarovski. Lentejuelas.

¿Y por qué? A ver, ella es presidenta de la AP (Asociación de Padres o, mejor dicho, Absolutamente Perfectas), el grupo de adultos que hará de carabina durante el baile. Este año todo va a ser perfecto, y va a ser perfecto porque llevaré ese vestido y llegaré colgada del brazo de un chico vestido con un esmoquin.

Algún chico. Cualquier chico. Mi madre no sabe quién será, pero sin duda tiene sus propios candidatos. Como Paolo, el alumno de intercambio que va a nuestra iglesia. Es un auténtico universitario de segundo año y es exactamente como los universitarios de segundo año que salen por la tele: fuerte y musculoso, de andares seguros. No me malinterpretéis: el chico está muy bueno. El problema es que también se acuesta en secreto con la directora del coro, pero, chitón, que esto quede entre nosotros.

La cuestión es que la burbuja de mi madre está a punto de estallar. Ella piensa que está haciendo magia doméstica, pero en realidad se engaña a sí misma. Engaña a todo el mundo. En cualquier instante, todo se va a derrumbar bajo sus pies. El hechizo desaparecerá y yo tendré que estar en condiciones de ayudarla a salir a flote una vez más.

Por eso no quiero ser el reloj que marque la medianoche. Y por eso no estoy discutiendo, sino debatiendo seriamente con mi novia acerca del baile de graduación. Ella desea pasar una noche mágica y yo también. Pero vivimos en Edgewater, Indiana, y firmar la lista con nuestros nombres (Emma Nolan, Alyssa Greene), el uno junto al otro, significa algo más que comprar dos entradas para el baile.

Emma sabe, mejor que nadie, cómo funcionan estas cosas. Su madre y su padre siguen yendo a mi iglesia. Cada semana. El mismo banco. Las mismas caras pétreas que alzan la mirada hacia el Señor dibujado en el vitral de detrás del púlpito. A sus pies descansan unos corderos; su pelo es casi dorado cuando los rayos del sol lo atraviesan.

Mi padre se ha ido ya. Mi madre está en *la-la-land*, donde probablemente no le falten danzas mágicas ni canciones de variedades. Para mí, ir al baile de graduación es algo más que ponerme un vestido y comprar un ramillete de flores. Es elegir entre ser la hija perfecta e ideal o empuñar un bate de béisbol y destrozar a mi madre en mil pedazos.

Y, aun así, quiero volar libre y aceptar ir con Emma de pareja y besarla bajo la luz brillante de una bola de discoteca prestada. De modo que lo estamos debatiendo. No discutiendo. No quiero que nos peleemos. Es primavera e Indiana vuelve a ser un lugar precioso. Entre nosotras, con el cielo azul, los perales en flor y los tulipanes que apuntan sus pequeños tirabuzones al sol, me inclino a decir que sí. Quiero decir que sí.

Ya veremos.

3

Subterfugio

EMMA

Llevo cien dólares en el bolsillo, pero aún no me he acercado a la mesa de venta de entradas.

Me resulta imposible, porque Nick Leavel está interpretando en este preciso instante el papel estelar de la obra *LA GRAN PETICIÓN* * en el Salón de los Campeones. Solo hay localidades de pie para ver el espectáculo, pero básicamente porque estamos en el vestíbulo principal de un instituto y nadie que aprecie su vida se arriesgaría a sentarse (a) en las escaleras ni (b) en la mesa de venta de entradas para el baile que han montado los FAMA.

Una oleada de excitación recorre al público involuntario. Nick tiene tras él a una brigada de jugadores del equipo júnior. Llevan cartulinas pegadas al pecho y claveles de gasolinera (supongo) entre los dientes. Con sus gafas de sol, la chaqueta de cuero y los zapatos más lustrados que he visto en mi

---

* Juego de palabras intraducible, creado a partir de *prom* («baile de graduación») y *proposal* («petición»). *(N. del T.)*

vida, Nick se lleva dos dedos a la boca y emite un silbido cortante y agudo.

En el Salón de los Campeones, todo el mundo se detiene y se vuelve hacia él. Os juro que Nick hace una pausa para echar un rápido vistazo a los grupitos que van a presenciar su momento de gloria. Al parecer, no tiene suficiente con la petición dramatizada que le va a hacer a Kaylee Brooks y quiere asegurarse de darlo todo. Cuando eres el alero estrella de los Golden Weevils, tu obligación es deslumbrar en todo momento.

—Kaylee —dice Nick, tomándola por ambas manos. Le da la vuelta y, de un modo muy cómico, se ve obligado a desenredarle un poco los brazos, aunque finge hacerlo con gran naturalidad. Los zapatos elegantes de vestir arañan el suelo cuando se gira para arrodillarse ante ella. Levanta la cabeza para mirarla, pero no dice nada.

Entonces hace un gesto con la cabeza y el equipo júnior se precipita sobre la pareja. De pie en semicírculo detrás de Nick, los jugadores lanzan los claveles a los pies de Kaylee. Y, entonces, uno por uno, ondean las cartulinas.

Por una parte, se nota que lo han ensayado y la pequeña brizna de sentimentalismo que reside en lo más hondo de mi corazón me provoca una sonrisa. Pero, hablemos en serio, este puñado de adolescentes que juguetea con las cartulinas parece un atajo de niños de tercero representando una obra de teatro sobre cómo crecen las flores. Para colmo, esto está sucediendo en el vestíbulo de un instituto. Enfrente de carteles amarillentos en los que se lee: SIMPLEMENTE DI NO. Es divertidísimo, pero me guardo las risas para mí misma.

—Kaylee —dice el primer jugador, levantando el cartel. Hay mucho texto escrito, pero, por suerte para el público, Nick lo lee en voz alta. Mira literalmente por encima de su hombro para asegurarse de que está en el lugar adecuado.

Apretando las manos de Kaylee, le dice como si fuera un locutor de radio en un programa de madrugada:

—Cariño, desde que íbamos a primero, todo el mundo ha estado al corriente de lo nuestro. Sabes que soy como Michael Jordan, pero se está muy solo en la cima.

Pongo los ojos en blanco con tanta fuerza que me duelen. Porque, dejad que os lo aclare, ese tío que se está comparando con un negro es el chico más blanco de nuestro instituto predominantemente blanco. Con ese pelo castaño claro y esos ojos azules, es el vaso de leche más alto y espumoso del sur de Indiana. Y Kaylee lame la leche como una gatita acabada de rescatar.

Cae la siguiente cartulina, y yo me pego a las escaleras porque sí, estoy mirando la escena, pero no, no quiero que me pillen mirando la escena. Mientras agarro con fuerza las correas de mi mochila, de pronto siento un escalofrío. No porque tenga frío ni por un exceso de cinismo. Es porque la veo a ella.

Cuando Alyssa se aproxima, siento un hormigueo por todo el cuerpo. Por todo el cuerpo. No se coloca justo a mi lado, porque nadie sabe lo nuestro. Pero está lo bastante cerca como para que yo pueda notar un ligero olor al aceite de coco que usa para el pelo, la vainilla aromática de su loción de manos. Y en mi descripción parece maravillosa porque, evidentemente, lo es.

Mientras Nick lee la tercera de las cartulinas («Entonces sucedió algo, cariño, y pusiste mi vida del revés»), Alyssa me susurra:

—¿Te da pena que no lo estemos haciendo nosotras?

Esbozo una sonrisa.

—¿El qué? ¿Sonetos en clave de estupidez? En absoluto.

Sus dedos rozan la parte posterior de mi brazo, y añade:

—Ya sabes a lo que me refiero.

Su piel sobre la mía tiene el tacto de la seda. Deseo sumergirme entre sus brazos, enterrar el rostro en la cálida curva de su cuello. Claro que me encantaría arrodillarme ante ella, o escribir una canción y cantarla desde el anfiteatro del instituto. En serio. Pero me resulta más sencillo tomarme con sarcasmo algo que nunca voy a reconocer que me gustaría. Si Alyssa me lo permitiera, montaría un buen espectáculo. Pero como eso no va a suceder nunca, ¿para qué pensar en ello?

Le lanzo una rápida mirada y digo:

—Solo quiero ir contigo al baile de graduación.

—Respecto a esto… —responde, y ya suena como si estuviera negociando con el director Hawkins un almuerzo fuera del campus para estudiantes de último año—. Se me ha ocurrido una idea.

Vaya. Es hora de bajar las puertas metálicas y quitar las cadenas al viejo corazón. Deliberadamente, miro a Nick y a su Compañía de Estrellas del Clavel, y mi cerebro está repleto de chorradas románticas que ellos nunca llegarán a comprender.

Por descontado, Kaylee ya está pegando botes y emitiendo los gritos agudos que preceden a su respuesta afirmativa, y a Nick seguramente le gusta. Shelby, su mejor amiga, finge estar contenta a su lado, pero por el modo en que mira anhelante a su novio, es evidente que le cabrea que este no sea su momento.

En realidad, se trata de un espectáculo que todos hemos visto ya en YouTube, aunque con una producción bastante más cutre. Para ellos es tan fácil que ni siquiera se esfuerzan. No tienen que esforzarse; la gente recordará el episodio como una escena clásica de película, porque esto sucede continuamente en las películas… para ellos.

No quiero que se note mi decepción al responder a Alyssa, pero es posible que no consiga evitarlo. El nudo que tengo en la garganta me impide adivinarlo.

—A ver esa idea.

—Iremos juntas —dice Alyssa, con diplomacia—, pero será mejor que hoy firmemos por separado. Con mi madre tengo que ir con pies de plomo en esta cuestión. Creo que al final llegará a entenderlo.

Estoy a punto de emitir mi propio chillido agudo y no hubiera sido precisamente agradable. Desconcertada, me giro para mirarla.

—¿Qué diferencia hay entre decírselo hoy o decírselo dentro de tres semanas?

—Todavía no está preparada, y ya sabes que tiene todo esto controlado —responde Alyssa—. Si compramos juntas las entradas, lo sabrá antes de que yo llegue a casa. Quiero decírselo en persona. Presentárselo del modo adecuado. Y eso requiere tiempo.

La discusión está ahí, sin duda alguna. Cuanto más tardemos en comprar las entradas, menos probabilidades habrá de que queden entradas para comprar. Y como ninguna de las dos va a ir del triste brazo de un James Madison Golden Weevil, el tiempo es esencial.

Pero puntualizo:

—Voy a tener que escribir algún nombre. Y eso significa que vamos a pagar dos entradas extras que luego no utilizaremos. En otras palabras, pagaremos un impuesto por ser gais.

—Te devolveré el dinero —dice Alyssa. Vuelve a tocarme la parte posterior del brazo, un roce secreto que nadie puede haber visto porque estamos ocultas bajo las escaleras como troles debajo de un puente. Ella me promete—: Te lo compensaré.

Yo no quiero dinero. Lo quiero todo. Quiero una noche solo para nosotras, sin tener que escondernos, ni disimular ni fingir que somos algo que no somos. Y ya sé que es difícil. Soy la única chica abiertamente gay de toda la escuela, ¿lo recordáis? Y también soy la chica gay que no tuvo ocasión de decírselo a sus padres a su manera. Y, *finalement*, la chica gay que ahora vive con su abuela. Sinceramente, honestamente, realmente, lo entiendo. Es más fácil mentir sobre con quién estás que mentir sobre quién eres, pero aun así…

—Solo quiero bailar contigo —le digo, alargando el brazo para tocarle la mano. Nuestros dedos se rozan. Por un instante, me da la mano, y estamos juntas en plena luz del día. Solo la veo a ella; lo juro, siento el latido de su corazón en vez del mío. Mis labios ansían un beso, pero la suelto antes de que pueda dármelo. Aquí no. Ahora no.

—¿Esto es un sí? —pregunta.

—Fíjate en esto —respondo, repentinamente envalentonada. Voy directa hacia la mesa de los FAMA, porque mi intención es comprar esas entradas ahora mismo y demostrar a mi novia que haré lo que sea con tal de pasar juntas la noche más romántica de nuestras vidas.

Peeero, mi intento se complica de inmediato, porque el alero estrella de nuestro equipo continúa con su petición dramatizada y, por supuesto, todos los ojos están puestos en la mesa de las inscripciones en el momento en que él compra las entradas ante la mirada embobada de su novia, que sujeta un ramo de flores llenas de babas de estudiante de segundo año. La gente se apiña alrededor de la mesa, excitada por el espectáculo, justo en el instante en que LA ÚNICA CHICA (ABIERTAMENTE) GAY DE EDGEWATER acaba de incorporarse a la fila.

A los FAMA les da exactamente igual quién compre entradas para el baile de graduación. Lo que quieren es el dinero (el veinticinco por ciento de las ventas irá a parar a las arcas de la organización para —supongo— comprar pesticidas de gama extra o algo parecido) y mi contribución económica desaparece en el interior de la caja antes de que pueda siquiera saludar. Breanna Lo saca dos entradas, a punto para escribir en ellas mi nombre y el de mi acompañante, mientras Milo Potts me coloca el sujetapapeles bajo la nariz.

—Pon tu nombre aquí —dice, indicando la primera columna—. Y el nombre de tu pareja aquí.

Respondo algo muy inteligente, tipo «Ah», y a continuación escribo mi nombre con extremada lentitud. Incluso lo digo en voz alta, como si Breanna no supiera quién soy. Emma Nolan soy yo, eso seguro, así que ¡escribo *Emma Nolan* en la primera entrada!

—¿Con quién vas a ir? —me pregunta Kaylee con un deje de sarcasmo. Es posiblemente la primera vez que Kaylee se dirige a mí desde la clase de Lengua de noveno, cuando me preguntó si podíamos intercambiar el sitio porque las luces fluorescentes estaban, palabras textuales, retorciéndole las pestañas.

Shelby se le cuelga del codo, en su papel de perpetua subalterna de Kaylee.

—Sí, ¿con quién vas a ir, Emma? No sabía que hubiera más de una lesbi en la ciudad.

Aquí es cuando me entran ganas de mirar hacia atrás. De girarme y de ver a Alyssa allí plantada. La fuerza de sus ojos oscuros me sostendría. Habría una conexión; ya no estaría sola. Pero eso sería demasiado evidente. No puedo hacerle algo así. De modo que me pongo tensa, como si esto fuera una convención de vampiros, y me quedo mirando la línea en blanco. Nombre de la pareja. Nombre de la pareja.

—Necesitas una pareja —dice Breanna, cortante. Las dagas de sus ojos me indican que ¡pobre de mí si le he hecho gastar inútilmente una entrada!

—Tu mano izquierda no cuenta —suelta Kaylee.

La carcajada barra rebuzno de Nick hace que le retire de inmediato el beneficio de la duda que podría haberle concedido por su empalagosa petición. Pero al mismo tiempo soy una persona lo suficientemente adulta como para no clavarle el bolígrafo en el pecho cuando dice:

—La derecha tampoco.

Oh, qué ocurrente llega a ser.

Aprieto los dientes y garabateo el primer nombre que se

me ocurre. No tengo la culpa de haberlo pensado, ha sido el primer nombre que me ha venido a la mente. Solo espero que esta reunión en la cumbre de cerebritos no tenga la brillantez suficiente como para establecer una conexión. Lo único que puedo decir en mi defensa es que se trata de una morena monísima y que es evidentemente mi tipo.

Kaylee lee el nombre por encima del sujetapapeles.

—¿Anna Kendrick… son?

—No la conoces —murmuro.

—¿Es una estudiante de intercambio o algo así? —pregunta Shelby.

—Sí.

Nick aparta los labios de la oreja de Kaylee el tiempo necesario para preguntar:

—Entonces, ¿por qué no la intercambias por un tío?

Con toda la paciencia del mundo, los ignoro. Coloco la mano bajo la nariz de Breanna y digo:

—Las entradas, por favor.

Kaylee se deja caer prácticamente encima de Nick.

—¡Me muero de ganas de conocer a tu pareja gay para el baile de graduación, Emma! Anna Kendrick… son suena muy mono. ¿Verdad que suena mono, Nick?

Él la abraza, como si ella fuera una pared de ladrillos y él la hiedra. En todo caso, el coeficiente intelectual combinado de ellos dos sería ese. Con la barbilla apoyada sobre el hombro de ella, Nick frota el hocico contra la oreja de Kaylee de un modo que me parece genuinamente caníbal, y enseguida derrama una cantidad ingente de baba para responder:

—No tan mono como tú, nena.

Sin decir palabra, meto las entradas en la mochila y me giro. La sonrisa que tenía reservada para Alyssa desaparece. Ni siquiera me está mirando.

Su madre ha surgido de la nada, como siempre suele hacer. Hay días en que veo a la señora Greene en el instituto más a menudo que al director Hawkins, lo que ya es mucho decir. Su actitud controladora en todo lo que tenga que ver con Alyssa es simplemente exagerada.

La señora Greene sujeta las manos de Alyssa entre las suyas. Deduzco que están hablando del baile de graduación, porque la señora Green no para de hacer gestos hacia la mesa. Por la expresión de su rostro, Alyssa parece mareada, pero asiente de todos modos. Asiente y sonríe y luego da un paso mecánico en mi dirección.

Lo de salir y no salir del armario es algo parecido a un baile, y yo conozco perfectamente los pasos. Ahora me toca desaparecer, y así lo hago. Con la cabeza gacha, paso por delante del grupo de bailarinas de Nick. Los tíos escupen «Gay, gay, gay» a mi paso. Al cruzarse conmigo, Alyssa no dice nada.

Ya en plena huida, me repito a mí misma: «Merece la pena, merece la pena, merece la pena».

4

Estratégico

ALYSSA

Creo o, mejor dicho, sé que soy la peor persona del mundo.

Últimamente mi madre se presenta en el instituto demasiado a menudo, y no hay duda de que ese fue el peor momento posible. No oí lo que Kaylee y su pandilla le dijeron a Emma, pero vi la expresión de su cara. Esa cara pecosa y con forma de corazón, la cara que amo más que a cualquier otra cara en el mundo.

Cuando debo fingir que no estamos juntas, es como si unas manos gigantescas se cernieran sobre mí para partirme en dos. Noto la fractura, justo en medio de mi pecho. Deja al descubierto la médula ósea y los nervios, y me convierto en una herida andante.

—¿De qué va todo esto? —pregunta mi madre con aspereza. Al pasar por delante de Emma, ambas oímos cómo los jugadores del equipo júnior ladran: «Gay, gay, gay».

Es algo que suelen decirle a Emma, como si fuera un insulto. Supongo que lo deben de considerar un insulto, en lugar de la constatación de una realidad. La mayoría de las veces digo algo. Pero la mayoría de las veces no está mi madre arrastrándome a la fuerza hacia la mesa de venta de entradas para el baile de graduación.

Me trago la rabia, la frustración, la vergüenza. Reprimo el dolor que siento por no poder decir nada, y la vergüenza de no hacerlo. Me pongo la sonrisa de hija perfecta y sacudo la cabeza como si no tuviera preocupaciones.

—Ni idea. Vaya, cien dólares... No sé si tengo...

Cinco billetes de veinte se abren en abanico en la mano de mi madre. Está muy orgullosa; se los entrega a Milo.

—Ya pago yo. Y ahora, señorita, tendrás que desvelar ese gran secreto que estás guardando.

Me quedo petrificada. Presa del pánico, digo:

—¡No estoy guardando ningún secreto!

Con una risotada ensayada y desenfadada, mi madre coge el sujetapapeles de encima de la mesa y le quita el bolígrafo de la mano a Milo. Con una floritura, escribe mi nombre, y luego se me queda mirando.

—¿Tu pareja, cariño? Llevas mucho tiempo poniéndolo por las nubes. Ahora es el momento de desvelarlo todo.

Mi corazón de colibrí late tan deprisa que parece que se haya parado. Es cierto que llevo tiempo poniendo por las nubes a mi pareja. Con mucha precaución, sin pronombres. «Creo que te va a gustar mi pareja, mamá. Mi pareja es muy valiente, tiene mucho talento, es adorable. Claro que vas a conocer pronto a mi pareja.» Pero no estoy preparada para salir del armario en pleno Salón de los Campeones, delante de Kaylee y de Shelby. Son las mayores bocazas de James Madison. No permitiré que vean cómo mi madre se derrumba.

No permitiré que esta sea la próxima comidilla del grupo de WhatsApp.

—John —digo por fin. Qué nombre tan genérico, tan bonito. Qué nombre tan agradable, tan nadie-que-tú-conozcas. Pero mi madre arquea las cejas; se han convertido en interrogantes. Este gesto pulsa un botón primario dentro de mi ser, de color rojo, que dice: «¡Responde ahora O TE VAS A ENTERAR!». Aturdida, me oigo decir a mí misma:

—Cho.

Oh, no. Acabo de decirle a mi madre que voy a ir al baile de graduación con un filipino buenorro. Me pica la cara; me temo que me va a dar una bofetada. Pero en vez de esto se le ilumina la expresión y escribe ese nombre al lado del mío. Parece que no sospecha nada, porque me pregunta con un deleite indisimulado:

—¿De qué conocemos a John Cho?

Me pongo todavía más roja, pero me controlo.

—Modelo de Naciones Unidas. Lo conocí en el curso de Modelo de Naciones Unidas. Es australiano.

—Oooh —dice mi madre, haciendo ver que se abanica—. ¡Entonces viene de las antípodas!

Por el extraño acento que ha utilizado y por el modo en que me mira, parece que esto sea una gran noticia para mí. Bueno, la gran noticia es que acabo de aplazar tres semanas mi plan de presentar a Emma a mi madre con mucha facilidad.

¿Por qué ha tenido que aparecer mi madre en este preciso momento? ¿No podía haberse quedado en el trabajo y haber preguntado por teléfono lo que quisiera saber del instituto, como cualquier otra madre?

Breanna me da las entradas y me obligo a sonreír todavía más.

—Sí, eso creo.

—Bueno, estoy ansiosa por conocerlo.

¿Puede ser que todo el mundo en el Salón de Campeones me esté mirando? Eso parece. Es como si alguien hubiera encendido un foco cegador sobre mí y yo fuera una actriz que ha olvidado sus frases. Meto las entradas en el bolso y asiento.

—Será genial.

—Seguro —dice mi madre. Pero en el momento en que se dispone a entregar el sujetapapeles a Milo, su expresión cambia. Con el ceño fruncido, agarra la hoja de inscripciones con algo más de fuerza y lee en voz alta la línea anterior a la mía—. ¿Emma Nolan y Anna Kendrickson?

«Por favor, por favor, suelo, ábrete y trágame ahora mismo.» Le arrebato el sujetapapeles de la mano e intento devolverlo.

—¡No suena mal!

—¿Dos chicas? —Mi madre levanta la barbilla—. Las reglas son muy claras: prohibido ir sin pareja. Hay demasiada gente que quiere ir al baile y no hay entradas para todos. ¡Solo parejas!

—Ya, pero ellas son pareja, señora Greene —argumenta amablemente Breanna. No suena pérfida en absoluto cuando informa a mi madre—: Emma es gay.

El hielo se agrieta bajo el peso de mi madre.

—¿Perdona?

Es posible que Milo haya pasado demasiado tiempo respirando los efluvios de su establo para el ganado. No percibe que mi madre está a punto de convertirse en un ogro; cree que es apropiado meter baza con una aclaración:

—Sí, salió del armario en segundo.

Mi madre casi imita el tono de voz de Milo.

—Muy bonito por su parte. —Empieza a mirar rápidamente cada página, rastreando con los ojos. Tras regresar a la primera página, informa a Milo y a Breanna—: Por hoy ya habéis terminado de vender entradas. Aire.

Ambos parecen confundidos, pero este no es su primer encontronazo con mi madre. Sin abrir la boca, cierran la caja del dinero y desaparecen.

El abismo se abre a mi alrededor. Se hace cada vez más ancho y profundo. La oscuridad acecha desde todos los rincones. Trato de sonreír para relajar el ambiente y suavizar la situación. Necesito suavizar la situación.

—Todavía queda media hora de almuerzo, mamá. No puedes cerrar la paradita tan temprano.

—Sí que puedo, y lo haré —responde ella, obstinada. Vuelve a repasar la lista y arquea levemente los labios hacia abajo en señal de disgusto—. No sé quién se ha creído que es esta tal Emma, pero en este instituto tenemos unas normas. Tenemos moral.

—Solo es un baile, mamá. No pasa nada.

Esforzándose por parecer más alta de lo que es, mi madre me mira con desprecio.

—Sí que pasa, Alyssa. ¡Por supuesto que pasa! No me parece bien, y al resto de la Asociación de Padres tampoco le parecerá bien, te lo garantizo.

—¿Por qué te lo tomas tan a pecho? —pregunto. Ya sé lo que va a responder. Lo sé porque llevo tres años imaginando variaciones sobre la misma conversación. Da igual cómo lo enfoque, nunca voy a conseguir que el concepto «lesbiana» sea aceptable para mi alterada madre. Y, Dios mío, ahora que está sucediendo de verdad, siento que me hago añicos—. ¡Solo es una pareja!

—¡Es una cuestión de principios! —Con las fosas nasales dilatadas, aparta la mirada, como si se le hubiera disparado un interruptor en la cabeza. Señala al despacho, pensando en voz alta—. Tengo que hablar con el director Hawkins.

Le agarro la mano y digo:

—¡Mamá, por favor!

Un hilo de sospecha la envuelve de pronto.

—Pareces muy interesada en el tema, Alyssa.

Ahora y aquí, podría confesar: «¡Porque es mi novia!». Podría decir: «Porque es mi pareja. Porque me quiere y yo la quiero a ella. Porque eso no tiene nada de malo. ¡En realidad, es bueno!». Pero percibo la furia y el terror que siente mi madre. Una furia y un terror que la hacen crecer hasta llegar a los dos metros. Se cierne sobre mí y me mira amenazadoramente, toda ella una piedra que rodea un corazón de carne vulnerable.

Supongo que soy una cobarde. En lugar de exponer alguno de mis posibles argumentos, respondo:

—No lo estoy.

Por un instante, pienso que mi madre me ha calado. Esa manera de ladear la cabeza, ese ángulo en la mirada al recorrer mi rostro. Es como un foco de luz que se enciende y lo ilumina todo para que ella vea mejor. Y luego regresa la oscuridad y me da un golpecito en la mejilla.

—Buena chica. Deja que me encargue yo de esto.

Realmente soy la peor persona del mundo, porque no digo nada cuando ella se aleja.

5

Se recomiendan encarecidamente las horquillas

EMMA

Por cortesía de la señora Greene, el instituto está viviendo su temporada Emma.

Por supuesto que habló con el director Hawkins. No sé lo que él le dijo, pero la señora Greene convocó una reunión de emergencia de la AP.

Jamás, en toda la historia de la educación, ha habido una emergencia en la AP en plan ¡oh, Dios mío, no queda suficiente papel pinocho para la Semana del Espíritu Estudiantil, tendremos que ir al Walmart con el puño en alto y arreglar esto inmediatamente!

Al parecer, también tienen que arreglar mi existencia.

El día después de presentarme como tributo (es decir, el día después de comprar entradas para el baile para mí y una actriz famosa a la que indudablemente no voy a pedir por internet si quiere acompañarme con la vana esperanza de que se vaya a presentar), la AP envió un correo electrónico a todos los padres y alumnos. Decía así:

Querida familia de James Madison:

Como sabéis, la AP y los Futuros Almacenadores de Maíz de América celebran el baile de graduación anual de nuestro instituto. Durante el curso, la emoción por este acontecimiento va en aumento, y es un momento muy especial para nuestros alumnos de último año. Sentimos la necesidad de recordar a todos que la asistencia al baile es un privilegio, no un derecho. Como ha habido preguntas, queremos clarificar los requerimientos que los alumnos deben cumplir para asistir al mismo.

Nota media de 2,5 o superior. (1)

Los caballeros deberán llevar traje y corbata.

Las damas deberán llevar atuendo de noche discreto, los vestidos tendrán un largo como mínimo hasta la altura de la rodilla, estando prohibidos los vestidos sin tirantes, los que muestren el vientre o que presenten aberturas que muestren la piel por encima de la rodilla, cualquier material que sea translúcido o transparente, cualquier material diseñado para parecer translúcido o transparente, cualquier material inusual (por ejemplo, vestidos de cinta aislante), y todo aquello que esté diseñado para ser sexualmente provocativo, lo que será determinado por los adultos acompañantes. (2)

Solo se venderán entradas a parejas chico/chica. (3) Debido a las limitaciones de espacio, no se venderán entradas individuales ni se venderán entradas a amigos del mismo sexo. Queremos asegurarnos de que todos los que se hayan ganado el derecho a asistir al evento con su pareja puedan hacerlo.

Como las entradas para el baile son limitadas y el baile está pensado como recompensa para nuestros estudiantes de James Madison, solo se permitirá la asistencia a los estudiantes inscritos y calificados. (4) No se podrá asistir con parejas externas.

Gracias por vuestro tiempo, ¡esperamos que este año celebremos un estupendo baile de graduación!

Atentamente,
Vuestra AP
¡Vivan los Golden Weevils!

Menuda cartita. Como podréis comprender, la desmenucé punto por punto en mi canal de YouTube, comenzando por el (1), ese requerimiento de la nota media.

¿Sabéis por qué es tan baja? Porque, si fuera más alta, la mitad del equipo de baloncesto no podría asistir al baile. Y eso, por supuesto, no sucederá nunca, porque sería el paso previo, literalmente, al apocalipsis en Indiana. Dicen que los profesores tienen prohibido que las notas de los jugadores bajen de ese promedio y punto. ¡Qué suerte la suya!

Pasando al punto (2), qué buena manera de enclaustrar el binario formado por género y patriarcado. Los chicos pueden presentarse con la primera americana y corbata que encuentren, pero ¡atención!, mucho cuidado con el espectro de una chica (¡y solo una chica!) que lleve un vestido por encima de las rodillas. ¿Os lo podéis creer? Pues será mejor que lo hagáis, porque esa es la versión «normal, con clase» del código habitual de etiqueta del instituto. ¿Tíos que fuisteis inscritos como varones al nacer? Presentaos con algo de ropa, gracias. Queridísimas damas, permitid que despliegue el manuscrito de la respetabilidad y la modestia. ¿Otros géneros? No existís.

¿No os encanta la (3) y la (4)? Son reglas nuevas de trinca. Y las encuentro asombrosamente elegantes. Me siento casi orgullosa de los intolerantes de nuestra AP: ¡han hecho verdaderos malabarismos para no tener que decir que se prohíbe la asistencia a los gais! ¡Es casi como si fueran conscientes de que lo que hacen es injusto! En pocas palabras, negación verosímil incorporada. AP Golden Weevils, ¡felicidades! Los aplaudiría, pero no puedo. Estoy demasiado ocupada protegiéndome de las semillas diabólicas que llevan tiempo plantando en el instituto.

Veréis, sus hijos se dedicaron a torturarme durante todo el primer curso y la mayor parte del segundo, pero fueron aminorando con el tiempo los insultos cotidianos, hasta hace poco.

Y cuando digo hasta hace poco, me refiero hasta que la AP envió la dichosa carta y yo susité un montón de comentarios *online* sobre el rapapolvo que les había propinado. Naturalmente, como el canal es mío, la mayoría de los comentarios estaban de mi parte. ¡Y eso es inaceptable!

También hasta que mi abuela informó a la escuela de que

yo asistiría al baile de graduación con quien quisiera, y que si alguien tenía algún problema, llamaría inmediatamente a la Unión Estadounidense por las Libertades Civiles.

Lo cierto es que primero me pidió permiso. Ella solo participa en las luchas en las que la dejo participar, desde el día en que le supliqué que no fuera a hablar con el director cada vez que alguien me hacía algo horrible, porque yo sé que esto solo sirve para empeorar las cosas. Lo que sí hizo fue soltarles a mis padres una reprimenda de las que marcan época, y como no sirvió de nada, los amputó de su vida como papilomas cutáneos. Mientras yo lloraba entre sus brazos, ella me prometió que estaría siempre a mi lado cuando la necesitara.

Así pues, cuando recibimos el correo electrónico de la AP, me sujetó la barbilla con la mano y me miró a los ojos. Entonces, me preguntó:

—¿Lo deseas de verdad, niña mía? Sabes que va a ser muy duro.

Supongo que dudé, pero no por mucho tiempo. Mis compinches de YouTube están de mi lado, y eso siempre es una gran ayuda. ¿Y sabéis una cosa? Lo que yo quiero no perjudica a nadie. He soportado los abusos de los demás desde que iba a noveno curso, y ya estoy harta. Quiero despedir el último año con mi pareja, en el baile de graduación, como cualquier hijo de vecino.

Con lágrimas en los ojos y un nudo en la garganta, respondí:

—Lo único que quiero es bailar con ella, yaya.

Ella inclinó bruscamente la cabeza.

—Entonces, adelante.

Y el lunes pasado, a primera hora, entramos juntas en el instituto. Fuimos directas a los despachos, y mi abuela exigió hablar con el director. Dijo que esperaría sentada sobre el mostrador hasta que la recibiera, porque tiene un método muy suyo de dejar las cosas claras.

Debo aclarar que el director Hawkins es un hombre muy amable. En primer lugar, escuchó. Cubrió las manos blancas de mi abuela con sus manos oscuras y escuchó cada una de sus palabras, sin interrumpirla.

Entonces, cuando ella hubo terminado, se volvió hacia mí y dijo:

—El baile de graduación no está patrocinado por el instituto. No está incluido en nuestro presupuesto, no lo organizamos nosotros. Damos permiso al comité para celebrarlo aquí gratuitamente.

—Pero el dinero va destinado a un club escolar —dije yo—. Lo organiza la Asociación de Padres.

—Y así lo haré saber durante la reunión, Emma. Pero tienes que comprender que en este caso tengo un poder limitado. Si la cosa se pone fea, llegaré hasta donde pueda. Pero debes tener claro que no puedo detener todo esto yo solo.

No me pareció justo que el director no pudiera poner las reglas del baile de graduación de nuestro instituto. Pero así estaban las cosas. Lo normal hubiera sido que me echara a llorar en aquel momento, pero me sentía como anestesiada. Mi abuela alargó el brazo para acariciarme la espalda; fue como un contacto fantasma.

El director Hawkins esperó un instante y luego dijo:

—Puedo advertirles que, si no te aceptan en el baile, tendrán que buscar otro local. Con un poco de suerte, eso cambiará las tornas. El dinero escasea desde que cerraron la fábrica.

—De acuerdo.

—También existe la posibilidad de que esto empeore la situación. Es un asunto muy serio, Emma. ¿Estás segura de que quieres seguir adelante?

¿Lo estaba? Lo estaba. Y, sin embargo, aunque noté el subidón de adrenalina, no pude reunir el aire suficiente para decir que sí. De modo que me limité a asentir. El trato estaba cerrado. El director se comprometió a hablar con la AP y sé que cumplió su palabra.

¿Que cómo lo sé? A ver, la AP no envió ningún otro correo electrónico. Prefirieron desatar un rumor y asegurarse de que se esparcía como un reguero de pólvora: si Emma Nolan insiste en amariconar el baile de graduación, tendremos que cancelarlo. Celebrarlo en otro lugar es inviable económicamente; toda la culpa es mía.

Como ya os podéis imaginar, en Edgewater no suceden demasiadas cosas. De vez en cuando, una carpa de fundamentalistas religiosos se instala en la ciudad, y es divertido porque los fieles se desmayan y hablan en lenguas desconocidas.

También tenemos la temporada de ferias, en la que todo el mundo participa en las competiciones de vaquillas y de edredones estampados.

Y no hay que olvidar la gloriosa maravilla que supone conducir por el aparcamiento del Walmart un sábado por la noche. (Sí, también hay un cine, pero solo echan una película cada vez, y normalmente es alguna superantigua.)

Amigos míos: los partidos de baloncesto de los Golden Weevils y el baile de graduación son los momentos culminantes de nuestro limitado calendario social. Y ahora todo el mundo piensa que uno de los dos está a punto de ser cancelado por culpa mía.

Eso significa que los insultos de primer curso se vuelven a repetir, con la diferencia de que esta vez tienen una finalidad. Los cánticos han renacido; son molestos, pero fáciles de ignorar. La gente podría susurrarme cosas peores, pero debo reconocer que «gay, gay, gay» me ofende a un nivel artístico.

Menuda falta de creatividad. Hay todo un mundo en internet a disposición de la gente incapaz de pensar por sí misma; es literalmente un portal para dar forma a miles de calumnias mordaces. Pero, en cambio, estos bobos pillan la definición más sencilla del diccionario y la croan como un coro de ranas descerebradas.

Por cierto, inclinaos ante mí, porque ahora me he convertido en el Moisés del sur de Indiana. Donde quiera que vaya, la gente se aparta para dejarme pasar. El Salón de los Campeones, la clase de Lengua, la cafetería…; no importa: alumnos que ya no se acordaban de que les molestaba que yo fuera gay de pronto han dado un paso atrás. Soy mi propia fábrica de piojos, abierta al público por primera vez desde los tiempos de la guardería.

Ah, y esta mañana he tenido que reaprender la importancia de no guardar nada importante en la taquilla. Veréis, en mi primer año vaciaron unos sobres de vinagreta de la cafetería por los respiraderos y me estropearon mi chaqueta favorita. A día de hoy, todavía me pongo tensa cuando olfateo ese aroma agridulce.

Empecé a utilizar de nuevo la taquilla cuando las cosas se calmaron un poco. Procuraba no guardar nunca nada que fuera realmente importante, pero ¿a que no adivináis lo que ha pasado?

Hoy mismo, los brillantes estudiantes de James Madison High se las han arreglado para echar un chorro de crema solar por las aberturas. Al abrir la taquilla después del almuerzo, lo he encontrado todo recubierto por una espesa y blanca capa de protector solar. Incluido el libro de texto de historia que pasa de puntillas por los motivos que desencadenaron la Guerra Civil.

He llevado el libro al despacho para que me dieran otro y la secretaria (en cuyo escritorio mi abuela había amenazado con sentarse) me ha dicho que tendré que pagarlo. Le da igual cómo se haya estropeado o quién haya sido el responsable. Es mi libro y, por tanto, es mi responsabilidad. Serán ochenta dólares, gracias.

A mi abuela no le sobra el dinero, así que tendré que echar mano de mis ahorros. Este año ya puedo olvidarme de la guitarra nueva.

Normalmente, en casos como este, buscaría el apoyo de mi novia. Pero hace casi dos semanas que no veo a Alyssa fuera del instituto.

Cuando su madre empezó a comandar a esta nueva turba de ciudadanos enfurecidos, ella se puso en cuarentena. Nos escribimos mensajes por la noche, momentos robados mientras hacemos los deberes de economía, rápidos Snaps para que no quede ningún rastro. Y yo sé por qué se esconde. Por una parte, me alegro de que esté segura en su invisibilidad.

Pero desearía no tener que ser visible en solitario.

El director Hawkins afirma que está moviendo los hilos entre bastidores y Alyssa se esconde desconsolada tras las pantallas. Eso me deja a mí sola ante el peligro.

Me obligo a ir a la escuela. Hago un esfuerzo sobrehumano por presentarme en todas las clases. Cada día, cada paso resulta más pesado a medida que el reloj avanza hacia las tres, momento en que salgo disparada de la silla en cuanto suena el último timbre.

Los alumnos de último año tienen el privilegio de salir antes de las clases. Tenemos un período de veinte minutos de ventaja, para que la gente que ha venido en coche pueda salir del aparcamiento antes de que arranquen los autobuses. Los familiares esperan frente a la puerta principal, y durante toda la semana mi abuela viene a buscarme porque…, bueno, porque su coche de cuarenta años parece bastante más seguro que un autobús escolar lleno de enemigos y sin posibilidad de escapatoria.

Hoy es distinto porque está lloviendo, y me veo obligada a esperar dentro. Me rodeo el cuerpo con los brazos y oteo fijamente la puerta principal en busca del Volkswagen Escarabajo de mi abuela. El círculo de Moisés me rodea, me aísla de todos mientras, en teoría, me mantiene segura. De pronto, oigo algo detrás de mí. Un ruido raro como de papeles, un crujido concentrado.

Me coloco bien las gafas y miro atrás.

Todo el mundo mira hacia otra parte. Conozco bien esas

caras; ni siquiera son los chicos más populares de la escuela. Son más bien del montón. Se creen mejores que yo simplemente porque son heteros.

Se esfuerzan tanto en hablar entre ellos que casi parece que sus mandíbulas vayan a salir volando. No es una situación natural, pero en principio no están haciendo nada. Intento lanzar una mirada sombría a modo de advertencia, pero me temo que me sale simplemente lastimera.

Vuelvo a girarme hacia las puertas. Mi aliento empaña el cristal al apoyarme en el marco de metal. Escribir un mensaje no serviría de nada. Cuando conduce, mi abuela siempre guarda el móvil en la guantera, de modo que recurro a la telepatía. «Vamos, yaya, date prisa, por favor.»

Entonces sucede.

Un objeto duro impacta en mi nuca y cae al suelo. De manera instintiva, me llevo la mano a la parte posterior del cuello, pero no hay ningún corte. No hay sangre. Seguramente ni siquiera una rascada. Apenas tardo un segundo en localizar el proyectil que rueda por el suelo hasta detenerse por completo.

Una moneda de veinticinco centavos.

Como si alguien tuviera tanto dinero suelto en el bolsillo que pudiera prescindir de los peniques, las monedas de cinco y diez centavos, y escoger la de veinticinco. Una vez más, echo un vistazo a la gente que me rodea. Una vez más, todos giran casualmente el cuello en otras direcciones. Pero eso no impide que se estén riendo. Unas risitas mal disimuladas escapan de sus bocas.

Con un asco profundo que me revuelve las tripas, me agacho y recojo la moneda. Con un gesto exagerado, me la meto en el bolsillo.

—Gracias. Ahora ya tengo dinero para llevarme a vuestras madres al huerto.

Y entonces empujo las puertas sin importarme la lluvia.

6

Camuflaje

ALYSSA

Shelby Kinnunen me abre la puerta y yo entro en el gimnasio con una caja gigante de cartón.

Es reciclada, del programa que el consejo estudiantil ha iniciado este año en la cafetería. Aunque huele a salchichas de Frankfurt, es gratis y es enorme. Alzando la caja un poco más, proclamo:

—Con esto vamos a fabricar un montón de estrellas.

—No sé por qué nos molestamos —responde Shelby, soltando la puerta y siguiéndome al interior de la gran sala. Hay gente trabajando por todas partes. Los presidentes y vicepresidentes de cada club del instituto han acudido a trabajar en la decoración del baile de graduación. Es toda una tradición; convierte esta fiesta en algo muy nuestro.

—Está quedando muy bonito —replico—. Así es más especial, ¿no te parece?

Shelby se encoge de hombros con indolencia. Ha venido como capitana del grupo de animadoras, pero yo tengo la sensación de que somos amigas. En realidad, quiero creer que con todas las personas que hay aquí mantengo una relación por lo menos amistosa. No es un instituto muy grande, tampoco la ciudad es grande, por lo que todos tenemos mucho en común.

Mientras avanzo para dejar la caja en el suelo, Shelby se inclina para ayudarme y susurra:

—Dicen que lo van a cancelar.

Por un instante el pánico me hiela el corazón. Yo también lo he oído decir, en concreto a mi madre. No me lo ha dicho directamente, pero estos últimos días no se muestra demasiado discreta cuando habla por teléfono. Baja la voz para disimular, pero noto que está conspirando con otros padres. Primero redactaron las nuevas reglas de la AP para el baile de graduación y luego celebraron haberlas enviado.

Pero lo que no esperaban es que la abuela de Emma fuese a contraatacar. Yo se lo podría haber dicho a mi madre. Llevo tres años cenando en secreto con Emma y con su abuela. Cuando esa mujer decide hacer algo, no hay quien se lo impida. Pintó la casa de color púrpura, y no es ninguna broma. Un color púrpura auténtico, como de uva, de gominola, con unos ribetes verde lima.

De modo que si mi madre hubiera reflexionado un poco, se habría dado cuenta de que lo de implicar a la Unión por las Libertades Civiles no era una simple amenaza, por mucho que lo pareciera. Ni hablar. Y luego se enfadó todavía más cuando el director Hawkins le dijo que estaba de acuerdo con la abuela de Emma. Fue entonces cuando mi madre pasó de estar enojada a enfurecerse como un toro de lidia delante de un capote rojo, y armó la de Dios es Cristo.

Desde ese momento, ha estado buscando apoyos para conseguir la cancelación, y creo que la culpa ha sido mía.

Le hice ver que, si no podemos llevar parejas de fuera de la escuela, entonces yo tampoco podré ir con John Cho. (Dejando de lado el hecho de que sea un famoso actor que no tiene ni idea de mi existencia.) En teoría, las normas de mi madre impedirían que el baile de graduación fuera perfecto también para mí.

Pero ella, con un gesto, se limitó a decir:

—Oh, Alyssa, ya sabes que esa norma no se te aplicará a ti.

—Pues no estoy de acuerdo —respondí yo. En realidad, pateé el suelo con rabia, aunque en el acto me sentí ridícula por haberlo hecho—. Las reglas son las reglas. O se me aplican a mí o no se aplican a nadie.

Mi madre no quiso discutir conmigo. Y entonces empezaron los cuchicheos. Las llamadas telefónicas y los mensajes frenéticos. Sus dedos iban tan rápidos que el repique de los mensajes entrantes sonaba como si el móvil fuera un salón recreativo. Habló con la AP y con los padres de la congregación, los cuales, por supuesto, se lo dijeron a sus hijos, y así es como se propagan los rumores.

Lo único que impide que pierda definitivamente los nervios es que todo el mundo tiene opiniones encontradas en lo que se refiere a cancelar el baile. La opinión general va en la línea de «a los de último año no les van a devolver ese último año, por lo tanto, no es justo castigar a todos solo porque una persona quiera romper las reglas». Este tipo de cosas. Por una vez, la entropía está del lado del bien.

Por eso no dudo ni un segundo cuando le digo a Shelby:

—Eso no va a suceder. El baile es para todos, y todos tenemos ganas de celebrarlo.

63

Shelby se recoge las puntas oscuras del pelo en una trenza suelta, y vuelve a encogerse de hombros.

—Yo lo entiendo. Tú lo entiendes. ¿Por qué no lo entiende ella? ¿Acaso es tan grave quedarse en casa y no afeitarse las piernas por una noche?

Me arde el estómago. Ella no sabe nada de Emma. No tiene la más remota idea. Emma Nolan representa tantas cosas bonitas que somos muy afortunadas de tenerla en Edgewater. Tiene un corazón generoso, cuando no tiene que protegerlo.

Me refiero a que da de comer a las ardillas a propósito, siente lástima de ellas, porque la gente intenta ahuyentarlas de los jardines. Cuando Emma se fija en ti, te invade una oleada de emoción, porque nadie te ha visto tan claramente en toda tu vida.

Todas estas personas insignificantes, con sus mentes insignificantes, no paran de escupirle sin motivo alguno. Solo porque sus sacerdotes se lo dicen, porque sus padres se lo dicen. No porque les importe, ni piensen, ni decidan por sí mismas. Me siento sobre el suelo de madera pulimentada y cojo unas tijeras.

—Eso es muy mezquino.

—Era broma —dice Shelby, sin bromear en absoluto—. ¡Pero estoy supertriste, Alyssa! Kevin estaba a punto de pedirme que fuera con él al baile de graduación, tal vez lo hubiera hecho al día siguiente de que Nick se lo pidiera a Kaylee. Pero dejaron de vender entradas, y ahora él… quiere esperar a ver qué pasa. Lo siento como un castigo personal.

Durante toda mi vida, he tenido la suerte de que, cuando me enfado, la cara no se me pone roja. Las puntas de las orejas sí. Y noto un dolor en el pecho. Pero no parezco enfadada. La rabia no me sale por la boca cuando hablo. Eso facilita mi intento de razonar con personas que han perdido completamente un tornillo.

—Bueno, para ella también es un castigo.

Shelby se detiene, y el pegamento que estaba virtiendo sobre un plato de papel sigue goteando.

—¿En qué sentido?

Con mucha calma, respondo:

—El baile es para todo el mundo. Emma incluida.

Disgustada, Shelby deja el tubo de pegamento y se dispone a esparcirlo con un trozo sobrante de cartón. Vamos a engancharlo a las estrellas que estoy a punto de recortar de las cajas de salchichas y luego las sumergiremos en la bandeja de la purpurina. Siempre que consigamos terminar esta conversación y volver al trabajo.

—Esas son las reglas.

—Unas reglas que la AP se acaba de inventar.

—No, lo que pasa es que antes solo eran reglas sobreentendidas.

Suspiro e intercepto la mirada de Shelby.

—¿Te importaba mucho que Emma quisiera ir al baile antes de que se inscribiera?

Oh. Vaya, ahí está. Un ligero destello de arrepentimiento; por supuesto que no le importaba. Antes de que Emma se inscribiera, lo único que le importaba a Shelby, a Kaylee y a todas las demás era ser invitadas al baile y tener su propia noche especial. Pero en vez de reconocerlo, Shelby se me queda mirando.

—Lo que no entiendo es por qué te importa tanto a ti después de que se haya inscrito.

¡Alerta! ¡Peligro! El calor se extiende por mi pecho y me baja hasta el vientre. ¿Me está calando? Shelby nunca me ha parecido una chica muy observadora, pero tal vez fingía no serlo. ¿Acaso es capaz de atravesarme con la mirada y descubrir que no discuto solo por Emma? ¿Que yo también quiero que la de la fiesta sea mi noche?

No puedo permitir que se propague ese rumor. Ahora no. Mi madre tiene que saberlo por mí, en el momento adecuado, del modo adecuado. Con las manos temblorosas, suelto las tijeras.

—Soy la presidenta del consejo estudiantil. Trabajo para todos los alumnos, no solo para los que son populares.

De golpe y porrazo, el novio de Shelby, Kevin McCalla, aparece patinando sobre las rodillas hasta topar con nuestro montón de cartones. En el último segundo, se deja ir hacia atrás, como si cayera sobre una pila de hojas otoñales.

Debe de pensar que es un encanto; se le nota por el modo en que sonríe de manera empalagosa a Shelby al detenerse. Está prácticamente sobre su regazo. Es probable que eso también vaya en contra de las reglas sobreentendidas, pero, sin embargo ahí está.

—¿Qué os pasa, nenas? ¿Por qué estáis tan serias?

—Estábamos hablando de Emma —responde Shelby.

—¿Te refieres a Romeogay y Julietagay?

Pierdo el control; sacudo con la palma de la mano el cartón junto a la cabeza de Kevin. Unas motas sueltas de purpurina echan a volar como si fueran moscas.

—¡En este instituto existe una política de tolerancia cero hacia el acoso escolar!

Él se echa a reír, desconcertado.

—No se lo he dicho a ella.

—Esa no es la cuestión.

Shelby vuelve a mirarme.

—Una vez más, te veo muy LGTBI en todo este tema, Alyssa. ¿Hay algo que te gustaría compartir?

—¿Sabes lo que me gustaría compartir? —pregunto, reprimiendo todas las cosas que querría decir. Tragándomelas. Ya sé que parece ridículo, pero me siento literalmente como Elsa en *Frozen*, y es triste que solo se me ocurra pensar en un personaje de dibujos animados para tranquilizarme. No puedo permitirme sentir lo que siento. No puedo mostrarlo. Kevin y Shelby no son precisamente detectives privados, pero si pierdo los nervios…

Con grandes gesticulaciones, añado:

—Me gustaría compartir el baile de graduación con cualquiera que quiera asistir. Porque no quiero que nadie se interponga en mi camino y me estropee una fiesta en la que llevo pensando desde los doce años. Tengo ya el vestido. Tengo las entradas. Ahora quiero tener la oportunidad de ir a ese baile. Y también quiero que la tengáis vosotros. Quiero que todos la tengamos. ¿Acaso no te parece bien?

Dudo que Shelby y Kevin se sientan mal en absoluto, pero ambos se encogen de hombros.

—Lo que tú digas —dice ella.

—Lo que tú digas. Me da igual —dice él.

A ambos les da igual una cosa tan importante; ni siquiera son capaces de verla. Y yo me alegro de que no la vean.

Es verdad, me detesto a mí misma por esconderlo. Pero

hago lo que puedo, todo lo que puedo, para intentar que todo esto quede en el olvido. Con la oposición que mi madre está encontrando ante la propuesta de cancelación, creo sinceramente que la Asociación de Padres está a punto de tirar la toalla. Si las Shelby y las Kaylee y los Kevin y los Nick de James Madison High deciden anteponer su deseo de celebrar el baile a su deseo de que Emma no asista al mismo, será una gran ayuda.

Los chicos presionarán a sus padres; el director Hawkins presionará desde la escuela. Si conseguimos pasar un par de días más, creo que mi madre y el resto de la AP lo dejarán correr. Solo será cuestión de que se retiren silenciosamente, para no quedar mal.

Y cuanto antes suceda, antes podré sentarme al lado de mi madre y hacerla entrar en razón. O por lo menos conseguir que me comprenda mínimamente. He prometido a Emma que iríamos juntas al baile y quiero cumplir mi palabra.

No puedo ser (no seré) otra persona más en su vida que la quiere y la decepciona después.

7

Salir a escena por la izquierda

EMMA

Otro día que paso sola, agachando la cabeza y haciéndome lo más pequeña posible mientras voy de clase en clase en el instituto.

Alyssa cree que los rumores están remitiendo. Yo creo que lleva puestas las gafas más gruesas y optimistas de la historia. Para ella es fácil pensar que la cosa mejora. Básicamente, es como si se encontrara en el condado vecino, viendo cómo el tornado serpentea en la lejanía. Yo soy la vaca que da vueltas dentro del remolino.

Me duele la espalda bajo el peso de la mochila. Ahora que ya no puedo utilizar la taquilla, acarreo veinte mil kilos de libros de texto, en una estimación conservadora. Pero la turba olfateadora de diésel que me rodea no lo sabe.

De modo que, cuando doblo la esquina del pasillo hacia mi taquilla, noto que todos los ojos se posan sobre mí. A estas alturas ya he desarrollado un sentido digno de Spiderman. Sé cuándo me acechan, me observan, me esperan.

Si quieren seguir tirándome monedas, no me importa. Pero no, al parecer alguien les ha hablado del valor del dinero, porque no es eso lo que me espera en esta ocasión. La gente se aparta de mí y yo avanzo con precaución.

—Marimacho —murmura alguien.

—Machota —susurra otro.

Los insultos calan en mi piel y se amontonan en un nudo negro que vive de manera permanente en el pozo de mi estómago. Pensaba que ya no me importaba lo que la gente pudiera decir de mí, pero veo que no es así. Lo triste es que ni siquiera deseo caer bien a la gente. Solo quiero que me dejen en paz. Tengo la sensación de que todo el mundo se olvidaría de mí si viviera en cualquier otro lugar.

Cuando me atrevo a mirar hacia arriba, veo dos globos rojos que se balancean por encima de nuestras cabezas. No tengo que acercarme más para saber que son las X que marcan el lugar. Pero ¿qué tesoros me esperarán?

Durante la Semana del Espíritu Estudiantil, las animadoras decoran las taquillas de los atletas. No es inusual ver letreros, globos, lazos, pequeñas marquesinas y joyas falsas, cortinas de seda y serpentinas. Han convertido esto en una ciencia, con su perfecta escritura a mano y su ojo para los accesorios. Estoy segura de que todas estas habilidades les serán muy provechosas en su vida posterior.

Pero ahora en serio. En estos momentos solo hay una taquilla decorada y, aunque os sorprenda saberlo, yo no soy nada deportista.

Se apagan las voces; el pasillo se sume en un silencio inquietante. ¿Acaso es una mejora comparado con la cháchara constante de unas personas a las que solo les separan tres siglos para decir «hay que quemar a la bruja»? No lo sé. Lo que sé es que, sea lo que sea lo que haya encima de la taquilla, voy a fingir que no existe. No van a tener la satisfacción de ver mi reacción.

Levanto la barbilla, pero miro hacia abajo y luego hacia delante. Es probable que ahora mismo parezca el jorobado de Notre Dame, pero me da exactamente igual. Respira, Emma. Camina, un pie delante del otro. Intento evocar la imagen de unas playas doradas y arenosas o, como mínimo, de las costas grisáceas de Indiana Beach.

Piensa en que paseas con Alyssa, cogidas de la mano, por un Holiday World. Es una mano pequeña y suave; noto la delicadeza de su cuerpo. Ella querría que sonriera y asintiera; no creo que pueda hacerlo. *Namaste* y rezar por largarme de aquí, eso es lo mejor que puedo hacer. En mi futuro veo un billete de autobús Greyhound. La parada de destino me da igual. Concéntrate en esto. En la libertad y en la huida y…

Sí. Bien. Respira. Estoy respirando, y no estoy escuchando, y no estoy mirando… No, no estoy mirando, aunque acabe de vislumbrar algo. Y ahora no puedo desviar la mirada.

Esta vez no es crema solar ni vinagreta. Ni siquiera es un grafiti que los cuidadores tengan que limpiar. No, son dos globos rojos que señalan el ahorcamiento de un osito de peluche que lleva los colores del arcoíris. Alguien se ha tomado el tiempo y la molestia de hacer un nudo corredizo. Se han tomado la molestia de pasar la cuerda a través de las aberturas de la taquilla, para que el peluche con sabor a orgullo gay pudiera morder el polvo.

No puedo ni respirar. Alargo el brazo y deshago el nudo.

Me siento pequeña y quebradiza, lanzo miradas a la gente que me rodea. Se retiran como una ola. Quieren impactar sobre mí, pero no se atreven. Son cobardes, todos y cada uno de ellos.

—Muy bonito —digo, levantando hacia ellos el osito de peluche—. Muy bonito.

Surgiendo de entre la multitud, Kaylee se coloca a mi lado. Con una sonrisa repulsivamente dulce, pregunta:

—¿Te gusta? Lo hemos traído solo para ti.

—Sí. ¿Sabes una cosa? Estoy segura de que esto va contra las reglas de la escuela, Kaylee. Es una amenaza de muerte.

Ella agranda los ojos con una sinceridad hipócrita.

—¡Es nuestra manera de darte las gracias, Emma!

Ahora que Kaylee ha roto el hielo y se ha dirigido a mí, su esbirra Shelby da un paso adelante y añade:

—¡Sí! ¡Gracias por cancelar el baile de graduación!

Cuando intento mover las manos temblorosas, noto que pierdo el equilibrio. La mochila pesa demasiado, mi corazón está demasiado roto, mi cerebro está demasiado exhausto. Mi voz se rompe al decir:

—¡El baile no se ha cancelado!

Justo entonces aparece Alyssa. Es como si saliera el sol en el acto y mi corazón se llena de esperanza. Intenta salvarme, a pesar de su secreto. A pesar de que, al tomar partido por mí, se arriesga a ponerse al descubierto. Nos miramos brevemente y se coloca entre Kaylee y yo.

—Ya basta. Dejadla en paz.

—Solo estábamos hablando —dice Kaylee. Ignorando a Alyssa, me amenaza con una sonrisa—. ¿Verdad, Emma?

No digo nada. Me niego a degradarme. Me niego a ser

cómplice. Pero mi sola presencia responde por mí. Solo por estar allí, los estoy enfureciendo. Solo por respirar, ya estoy empeorando las cosas. Me gustaría estirar a Alyssa por el brazo y salir corriendo con ella, lejos, a algún lugar donde podamos estar tranquilas. Pero me quedo inmóvil e intento no llorar.

—Largaos de aquí —dice Alyssa, valiéndose de la autoridad que le concede la presidencia del consejo de alumnos.

—Vaya, ¿con que así están las cosas? —Inclinando la cabeza hacia un lado, Kaylee parece algo afectada. Pero esta sensación se disipa rápidamente y da paso a una pura bilis de escuela primaria—. Entonces estás de su lado.

—No —dice Alyssa, y con ello me atraviesa el corazón—. Simplemente no estoy en el parvulario.

Un rugido amortiguado inunda el pasillo. Parece que alguien esté a punto de gritar: «¡Pelea, pelea!». Entonces Nick y Kevin emergen de la masa como dos manchas idénticas y gigantescas. Respaldan a sus novias con una actitud chulesca que, en mi opinión, sería motivo para dejarlos en el acto.

Nick dice:

—Kaylee. Nena. No pasa nada. Si quiere, puede llevar a su novia marica al baile, siempre que nos deje mirar.

Kevin asiente con una mirada lasciva.

De pronto, retruena una voz. Aliviada, casi me ceden las rodillas. El director Hawkins se acerca por el pasillo. Los estudiantes se separan y desaparecen a la máxima velocidad posible. Los delitos recreativos solo son divertidos cuando no te pillan.

—Señores —dice el director Hawkins. Y luego—: Señoritas. No sé que está pasando aquí, pero se ha terminado.

Kaylee se encoge de hombros y se dispone a irse. Traza un

amplio círculo alrededor de Alyssa, para poder chocar «por accidente» contra mi hombro. Al pasar por mi lado, con un murmullo deliberado, dice:

—No, Emma. A diferencia de tu vida social, esto no se ha terminado.

Allá donde va Kaylee, va también la heterogénea nación de trogloditas que en el instituto han vivido su época de mayor gloria. Shelby abraza a Kevin, y Nick pasa el brazo por encima del hombro de Kaylee. Cuando por fin doblan la esquina, suelto el aire y me desplomo. Aunque sé muy bien que están de mi parte, me resulta difícil mirar a la cara a Alyssa y al director Hawkins.

—Lo siento —digo, aunque sé que no tengo la culpa. Levanto el osito con un gesto de impotencia.

El director Hawkins se lo queda mirando. Se le endurece la expresión amable y endereza la espalda.

—Esto es inaceptable, Emma. Descubriremos quién ha sido y actuaremos en consecuencia.

—No lo haga, por favor —digo—. La situación ya es bastante mala tal como está.

Alyssa pone una mano sobre mi brazo. Ella también tiene los ojos llorosos. Noto el impulso que nos atrae; es difícil no ceder a él. Si pudiera derrumbarme entre sus brazos, todo…, bueno, no todo se arreglaría, pero en todo caso mejoraría, aunque solo fuera por un instante. Suavemente, dice:

—Si dejas que se salgan con la suya…

—No, no merece la pena. —Vuelvo a encerrarme en mí misma y lo digo apenas con un susurro. Pero lo digo—: Tal vez nada de esto merezca la pena.

El director Hawkins niega con la cabeza.

—No digas eso… Tienes derechos, Emma. Acabo de recibir un correo electrónico del intermediario de la Asociación por las Libertades Civiles. Están preparados para intervenir si fuera necesario. De hecho, me han dicho que tu caso ya ha despertado bastante atención en internet.

—¿Aparte de mi canal? —digo, asombrada.

—Claro. Es un asunto grave —continúa el director Hawkins—. Para ti, desde luego. Pero también para todas las chicas que son como tú.

Parpadeo con incredulidad.

—¿Qué está diciendo? ¿Ahora soy una especie de Rosa Parks blanca y lesbiana?

El director Hawkins me mira sorprendido.

—No. No estoy diciendo eso en absoluto.

—Eres la Emma Nolan blanca y lesbiana —dice Alyssa—. Eres tú quien lidera la batalla.

—Exacto. Y yo estoy orgulloso de participar en ella —dice el director Hawkins—. Es mucho mejor que tratar con alumnos colocados de metanfetamina.

Al oír esto, Alyssa y yo nos lo quedamos mirando simultáneamente y decimos:

—¿Qué?

El director Hawkins cambia de tema.

—Tengo un amigo que es director de un instituto de Terre Haute. Se pasa todo el día luchando contra los malos olores y la metanfetamina.

Por alguna razón, esto rompe la gravedad del momento. Me echo a reír, a pesar de mí misma. No, no de mí misma. A pesar de todos los demás. Me río porque no tomo drogas. Me río porque la caballería jurídica acude al rescate. Me río porque… porque lo necesito. Incluso me reclino un poco encima de Alyssa. Solo un poco, por un instante.

—Bueno, yo todavía no tomo metanfetamina. Ya veremos cómo van los próximos días.

—Te ayudaremos a superar esta situación —promete el director Hawkins.

Y justo entonces, Milo Potts, el tesorero de los FAMA, llega corriendo desde la otra punta del pasillo. Tiene la voz quebradiza, tanto en sentido figurado (corre a toda velocidad) como en sentido literal.

—¡Director Hawkins! ¡Director Hawkins! ¡Venga, deprisa!

Sin perder la calma, el director Hawkins se dirige a él.

—Tranquilo, Milo. ¿Qué ha pasado?

—Hay gente ahí fuera —grita Milo—. ¡Llevan pancartas sobre el baile de graduación!

Vaya. Mierda.

8

La invasión

ALYSSA

Hay problemas en Edgewater, Indiana. Protegida por las tres puertas dobles que conducen al aparcamiento, observo junto a Emma a los manifestantes del exterior.

No somos las únicas. Parece que todo el instituto esté aquí comprimido. El pequeño espacio zumba como una colmena y el calor de tantos cuerpos en un lugar tan reducido es casi insoportable. Además, huele como si por lo menos la mitad de la gente hubiese salido de clase de gimnasia sin pasar por las duchas. Pero de todos modos nos pegamos al cristal, porque nadie quiere perderse el mayor espectáculo nunca visto en James Madison High.

En el exterior, el director Hawkins permanece de pie junto al bordillo, de espaldas a nosotros. Tiene una mano sobre la cadera y la otra (supongo) en la frente. Aunque todos nos morimos de ganas por oír lo que está pasando, el director Hawkins nos ha ordenado que nos quedemos dentro con esa voz de Padre Severo que nos haría sentir culpables en caso de desobedecerlo. Cientos de teléfonos disparan sus flashes hacia el aparcamiento… y hacia los desconocidos con pancartas de protesta que lo han ocupado.

—¿Quién es toda esa gente? —pregunto en voz baja.

Emma enlaza sutilmente su dedo meñique con el mío y lo aprieta.

—No lo sé.

Cerca de nosotras, alguien lee una de las pancartas girada hacia las puertas.

—¿Activista cantante y bailarina de educación clásica?

—¿Qué demonios es eso? —dice otro.

Me he quedado sin habla. Literalmente. Una mujer de pelo oscuro levanta un cartel que reza: ANNIE, VE A POR TU CHICA, y el cartel es lo menos llamativo de su persona. Lleva el pelo muy corto y los labios pintados de un color más oscuro que el rojo sangre. Viste una especie de mono del mismo color escarlata y calza unos zapatos con unos tacones tan afilados que podrían servir para ensartar un pincho moruno en la feria del condado. Cuando se detiene a hablar con el director Hawkins, se comunica con el cuerpo entero: los hombros echados hacia atrás, la mano gesticulando al cielo.

No sé qué debe de estar diciendo, pero el director la escucha con la máxima atención. Es como una polilla atraída por su luz, y no deja de asentir y asentir.

Desde detrás de nuestra posición, Nick y Kevin gritan:

—¡Vamos! ¡Vamos! ¡GooooooolDEN!

Y todo el mundo responde al unísono:

—¡WEEEvils, vamos, vamos!

Tras semejante exhibición de privilegio atlético, Nick y Kevin se abren paso entre la gente. Con los brazos extendidos, empujan las puertas. Y como son los chicos más populares de la escuela, todos los demás salen detrás de ellos.

En medio del barullo, he tenido que soltar el dedo meñique de Emma y hemos salido arrastradas por puertas distintas. No hay posibilidad alguna de volver junto a ella hasta que todo el mundo deje de empujar.

—¡Eh, mirad! —grita un tío—. ¡Es Mr. Pecker!

Y... ¡tiene razón! Boquiabierta, contemplo fijamente al hombre corpulento que levanta una pancarta con el eslogan SE HA ACABADO EL GAY SIMPÁTICO.

Tiene más o menos la edad del director Hawkins, pero su rostro suave y perfecto es fácilmente reconocible. Solía interpretar al vecino friki en *Talk to the Hand*, la serie que todos mirábamos en la escuela secundaria.

Era tan famoso que llegaron a emitir episodios solo para la web protagonizados por él. En realidad, todavía deben de estar en la red. Siempre que los niños de la serie se metían en un lío, él aparecía de pronto y trataba de solucionar las cosas. Y, por lo general, a pesar de que las intenciones eran buenas le salía todo mal.

Y ahora está aquí, en James Madison High, vestido con un traje gris plateado y blandiendo una pancarta descaradamente pro-LGTBI. En vista de que la gente lo reconoce (y es evidente que lo hacen, porque de pronto se oye un eco de «¡Pecker, Pecker, Pecker!» en el aire), echa la cabeza un poco hacia atrás. Como si quisiera empaparse de tanta atención, como si esta surtiera un efecto antienvejecimiento. Y, de hecho, tiene la piel tan suave que tal vez sea así.

—¡Que todos los estudiantes —retumba la voz del director Hawkins, alzándose por encima de la multitud— regresen inmediatamente a las aulas correspondientes!

—¿Por qué? —grita la mujer morena. Es impresionante, porque su voz nos llega con más claridad que la de nuestro director. Es más baja que él, pero de algún modo ocupa todo el espacio del pequeño círculo—. ¿Acaso le asusta una pizca de verdad? ¿Acaso tiene miedo de que estos jóvenes ciudadanos de Indiana se expongan… a la verdad?

El director Hawkins levanta las manos.

—En absoluto, esto es una cuestión de segu…

La mujer lo interrumpe.

—¡Muy señor mío, soy Dee Dee Allen, y los focos solo se atenúan cuando yo lo decido! ¡Hace unos días leí un artículo sobre nuestra querida y pequeña Emma Nolan, y supe de inmediato que tenía que venir!

Giro la cabeza tan deprisa que creo que me he dislocado el cuello. Al otro lado, Emma se ha quedado petrificada. Reconozco la expresión de su cara, ese rostro de huir-para-no-pelear. Ahora todo el mundo la está mirando. No podrían haber escrito un mejor guion. Emma tiene el rostro de un rojo intenso y sigue sujetando entre sus manos el osito estrangulado.

—¡Esto —continúa Dee Dee Allen, la manifestante misteriosa— es un ULTRAJE! ¡Actuáis como una turba de pueblerinos enojados mientras a la pobre Emma se le rompe el corazón! Y dejad que os diga que yo he interpretado a la señora Potts en *La bella y la bestia*. ¡Conozco muy bien a las turbas enojadas!

—Señorita Allen… —empieza a decir el director Hawkins, pero ella vuelve a interrumpirlo.

—¡El baile de graduación tiene que ser para todo el mundo! ¡Heteros, gais y LGTBIQ, y todas esas letras que no me sé, porque todas las personas somos igualmente merecedoras de amor!

Ahora los chicos y las chicas que me rodean empiezan a echar humo, como si fueran una tetera llena de indignación. La gente se pone a gritar, pero parece más bien un sonido amortiguado. El tipo de sonido que precede al inicio de una pelea, en realidad.

Me recorren pequeños escalofríos de pánico. No creo que vaya a pasar nada horrible, pero es que… da la sensación de que podría pasar algo horrible. Vuelvo a mirar a Emma. Su rostro refleja altos niveles de estrés y de ansiedad. Sé que ella también ha notado el cambio en la multitud. Y ella sabe (todos sabemos) que el cambio, si se confirma, va a ser contra ella.

Soy la presidenta del consejo estudiantil. Tengo una responsabilidad. Lo último que quiero es que todo el mundo se me quede mirando y especule sobre mí. Aunque, en realidad, lo último que quiero es que alguien haga daño a Emma. Hoy ya la han amenazado; esta podría ser la chispa causante de la explosión.

Sin pensarlo dos veces, paso a la acción. Me encaramo de un salto a los bancos de cemento y extiendo las manos. Con toda la fuerza posible, grito:

—¡Vamos! ¡Vamos! ¡GooolDEN!

Y como si lo llevaran incorporado en el ADN, todos mis compañeros se vuelven hacia mí y responden:

—¡WEEEvils, vamos, vamos!

Ahora que he captado toda la atención, la señorita Allen y Mr. Pecker (detesto llamarle así, pero no se me ocurre ningún otro nombre) parecen terriblemente indignados. Me da igual. No son mi problema. Mis compañeros de clase son mi problema.

Con tantos ojos mirándome con expectación, intento impedir que la sensación de malestar que me oprime el pecho aumente todavía más. Si me desmayara, es probable que esta situación tan peligrosa se calmara, pero tirarme de cabeza al cemento sería contrario al sentido común.

Me froto las manos contra los vaqueros y continúo:

—Estas personas tan respetables, sean quienes sean, tienen derecho a expresar su opinión. Y… y vosotros también. Todo el mundo debería decir lo que piensa. Hace mucho tiempo que circulan rumores sobre el baile de graduación. Como presidenta del consejo estudiantil, yo os digo, ahora y aquí, que hablemos. Convoco oficialmente a todo el mundo a una reunión pública en el gimnasio, esta tarde a las seis y media, para resolver este tema de una vez por todas.

Estoy convencida de haber oído a la señorita Allen murmurar: «¿Quién es esta tía?», pero no me importa lo más mínimo. Emma me mira a los ojos y enseguida se pone en movimiento. No es idiota y se larga antes de que alguien le haga daño. Con todas las miradas puestas en el aparcamiento, Emma se escabulle en el interior del edificio y desaparece de la vista. No sé si va a hacer novillos el resto del día, pero tampoco necesito saberlo. Donde quiera que vaya, estará más segura que aquí, y eso es lo más importante.

Tengo la boca seca, pero me dirijo con un gesto a nuestros manifestantes.

—Señorita Allen, señor…

No quiero llamarle Pecker.

Con elegancia, el hombre me saluda con una floritura y dice:

—Glickman. ¡Barry Glickman, estrella del escenario y la pantalla!

—Gracias, señor Glickman. Usted y la señorita Allen también están invitados a asistir esta tarde a la reunión. —Me giro hacia los estudiantes, que me miran fijamente, pero no descifro su expresión. Son rostros absortos y descentrados a la vez. Tiendo los brazos hacia ellos—. Todos vosotros estáis invitados. Y vuestros padres. Todo el mundo tendrá ocasión de hablar. Esta es nuestra escuela. La protegeremos. Pero también es nuestra comunidad y la respetaremos. En su totalidad.

Ahora que se ha roto el hechizo, el director Hawkins posa la mano sobre el brazo de la señorita Allen. De un modo curiosamente familiar, si queréis saber mi opinión. Pero pronto recupera la autoridad y esa mirada cortante que hace estremecer incluso al estudiante más bregado de último año.

—¡Muchas gracias, señorita Greene! Ahora que hemos concertado una cita para discutir el tema, esta reunión se ha terminado. Todo el mundo, y me refiero a todo el mundo, debe regresar de inmediato a sus clases.

—Pero, Tom —protesta la señorita Allen, entonando el nombre de pila como si fueran dos amigos que se reencuentran después de mucho tiempo. Lleva la desesperación escrita en el rostro en amplios brochazos—. ¡Ni siquiera hemos conocido a la chica!

—Más tarde —responde el director Hawkins.

Mis compañeros se disgregan y vuelven a entrar en el edificio. Caminan despacio, porque nunca se sabe cuándo puede ocurrir algo más, pero van avanzando. Desaparecen uno por uno hasta que quedamos solamente yo, el director Hawkins y un puñado de desconocidos con sus pancartas.

Emma se ha ido. Hace mucho. Y, a pesar de que he detenido el tsunami humano que amenazaba con ahogarla, la culpa me corroe el estómago. Podría haber hecho más. O mejor. O algo. Porque ahora que se desvanece la inyección de adrenalina, de pronto me doy cuenta de lo que realmente acabo de hacer.

He pedido a todo Edgewater que venga a testificar en el juicio sumario contra Emma, la bruja.

Oh, no.

Ligeramente mareada, me hundo para sentarme en el banco, en vez de bajar y permanecer de pie. El director Hawkins intercambia unas palabras en voz baja con la señorita Allen y el señor Glickman, y luego se acerca a mí.

A pesar de que nunca me he metido en ningún lío en mis cuatro años de instituto, me arrugo un poco cuando se aproxima. Ante mi sorpresa, se sienta a mi lado y me pone una mano en el hombro.

—Acabas de demostrar una capacidad de liderazgo asombrosa, Alyssa.

Con un hilo de voz, respondo:

—¿No he empeorado las cosas?

—No —dice él. Habla con una voz cálida, grave y reconfortante—. Creo que has hecho lo que deberíamos haber hecho nosotros hace semanas. Has sacado de las sombras esta situación. Insistes en lidiar con el tema de manera civilizada y en que actuemos como seres humanos.

Un poco más allá, la señorita Allen y el señor Glickman están enfrascados en su propia discusión. Ante el director Hawkins, y solo ante él, reconozco:

—Ellos me han obligado a hacerlo. Yo solo intentaba calmar a la gente.

—¿Y no crees que ha merecido la pena?

Permanezco callada por un instante. Finalmente, asiento con la cabeza.

—Sí, creo que sí.

—No permitas que lo perfecto sea enemigo de lo bueno, Alyssa. Cada paso que damos para mejorar es un paso en la buena dirección.

En este momento, creo oír a Emma riéndose de una frase tan empalagosa. Pero también la oigo reírse de la sinceridad del director, no de manera cruel, sino con incredulidad. Sorprendida de que alguien pueda poseer tanto optimismo, tanta esperanza.

Yo, en cambio, no lo encuentro divertido. Sus palabras se me meten dentro, entre las costillas, y la punta de su flecha se me clava en el corazón.

«No dejes que lo perfecto sea enemigo de lo bueno.»

Perfecto, no. Solo bueno.

Vaya.

9

Problemas de John Proctor

EMMA

En general, tener que volver al instituto después de las horas lectivas no está en lo más alto de mi lista de prioridades.

Y sigue sin estarlo. Mi abuela y yo llegamos en coche al instituto a las seis menos cuarto con la esperanza de encontrar a Alyssa y hablar con ella primero. Pero esto va a ser imposible, porque un verdadero río de gente está bajando de un autobús en cuyas partes laterales luce el lema BROADWAY ATRAVIESA AMÉRICA. Llevan pancartas, visten colores llamativos, y la longitud de su pelo se consideraría inapropiada para los chicos e incluso para las chicas en esta zona del mundo.

Como una oleada que inunda del aparcamiento, desfilan hacia la única puerta iluminada del edificio a oscuras: la que conduce al gimnasio. Sus voces se alzan hacia el cielo nocturno, cantan fragmentos de obras musicales que no reconozco y entonan melodías que me resultan familiares. Aquí están, defienden los derechos de los homosexuales, e invitan de manera cordial a la gente de mi instituto a respetarlos.

En la acera, topan con los Padres Extremadamente Enojados de James Madison High, y se entremezclan con ellos como un potente y extraño batido de frutas que nadie en su sano juicio querría probar. Todo esto provoca un atasco en la puerta, y la gente va entrando de manera aparentemente aleatoria. Los padres gritan a los de Broadway que vuelvan a su casa o, todavía mejor, al lugar donde deberían estar. Todo ello delante de una multitud de periodistas que rodean la melé.

Hay dos furgonetas de la televisión aparcadas junto al bordillo: una de Evansville, que no está muy lejos de aquí, y otra de Indianápolis, que sí que está lejos y además es la capital del estado. Llevan luces y cámaras de vídeo, y se unen a los reporteros que solo llevan cámaras e intentan cazar a algunas de las personas congregadas para entrevistarlas.

El señor Thu y el señor Gonsalves, los guardias de seguridad de la escuela, se las ven y se las desean para que la gente conserve la calma. El modo amable en que intentan hacer pasar a las hordas al interior del recinto se convierte en un proceso tan elegante como meter al ganado en una cuadra. En otras palabras: la gente avanza, pero no es bonito de ver.

Mi abuela y yo nos hemos quedado algo rezagadas. Ella me da la mano, segura y fuerte.

—Apuesto a que se están arrepintiendo de no haberte dejado ir tranquilamente al baile, ¿no crees?

—Y yo me arrepiento de no ir con un chico como pareja y dejarlo plantado nada más llegar —respondo. Pero esto solo es cierto en un quince por ciento. O quizá en un veinticinco. El porcentaje sube y baja con cada paso que doy. Ya se oyen las voces indignadas procedentes del gimnasio. Se supone que la reunión no va a empezar hasta dentro de media hora, pero al entrar, esto ya parece un manicomio.

Han preparado las gradas de ambos lados del gimnasio, pero casi nadie se sienta en ellas. Los de Broadway agitan sus pancartas a uno de los lados, y la única autóctona que se les ha sumado es nuestra anarquista-gótica particular, que básicamente suele ponerse del bando de los que la armen más gorda. Organizó una campaña del consejo estudiantil bajo el lema «Acabemos con la tiranía del puré de patatas en el almuerzo». (Perdió.)

Frente a ellos, los lugareños sacuden airadamente unos cencerros decorados (a diez dólares la pieza, disponibles en la librería o en la taquilla de cualquier partido que los Golden Weevils juegan en casa). No entonan cánticos. No cantan. Simplemente increpan a los de Broadway, y lo hacen con tanta fuerza que las venas de sus frentes colectivas palpitan de manera sincopada.

Nunca he dedicado demasiado tiempo a imaginar cuál es el aspecto del sonido. En todo caso, acabamos de penetrar en la *Cacofonía* de Hieronymus Bosch, *gouache* sobre madera, 2019.

Siento un cosquilleo en las yemas de los dedos. También en las yemas de los dedos de los pies. Una especie de objeto pesado me golpea las costillas desde dentro de mi ser, y luego impacta contra el interior de mi cráneo. Podría ser un ataque al corazón. O un derrame cerebral. ¡O las dos cosas a la vez! Eso me convertiría probablemente en un milagro de la medicina moderna, y sería mucho más noticiable que enamorarme de una chica y querer ir con ella a bailar.

Alyssa, mi Alyssa, se ha situado junto al director Hawkins. El cabello oscuro le cae en cascadas perfectas sobre los hombros. Lleva el mismo atuendo que se puso en el curso de Modelo de Naciones Unidas, chaqueta gris y falda de tubo, y zapatos altos de charol. Ahí arriba, se la ve asombrosamente profesional y dotada.

Con un megáfono en la mano, contempla con atención el caos en el que ya se ha convertido la reunión que ella misma ha convocado. Veo la desesperación en sus ojos y la decepción en sus labios de coral. Cuando me escribió para contármelo, me lo pintó como un encuentro para tomar el té. Todo el mundo se reunirá para debatir de manera respetuosa si merezco o no tener derechos civiles. Por supuesto, no lo expresó exactamente así, pero puso mucho énfasis en lo ordenada que iba a ser la situación.

Pues bien. La situación es superordenada si te gustan las luchas territoriales. A la izquierda, los Tiburones con sus pancartas. A la derecha, los Jets con sus cencerros. No hay pistolas ni cuchillos, pero no os engañéis, no va a haber supervivientes.

Por fin, Alyssa cae en la cuenta de un detalle muy importante. Es ella quien tiene el megáfono. Toquetea los botones y, de pronto, una aguda sirena inunda el gimnasio. El sonido rebota contra las paredes de bloques de cemento, y es probable que la gente del futuro siga oyendo el eco dentro de doscientos años.

Pero cumple su cometido; la gente calla.

Alyssa levanta el megáfono y habla por el aparato.

—Gracias a todos por acudir a esta reunión. Me llamo Alyssa Greene; soy la presidenta del consejo estudiantil.

La señora Greene le arrebata el megáfono y grazna a través de él.

—¡Y yo soy Elena Greene, la presidenta de la Asociación

de Padres! Estoy aquí en representación de los padres de esta comunidad. He escuchado sus preocupaciones y las comparto totalmente. ¡Juntos hemos establecido unas normas para el baile de graduación de este curso! ¡Unas normas que afectan a todos, no solo a Emma Nolan!

Conozco muy bien a la señora Greene. Está acostumbrada a tener la última palabra en todo. Me tapo la boca para no echarme a reír a carcajadas cuando Dee Dee Allen recorre todo el pasillo y le quita el megáfono de las manos.

—Vaya, ¿de modo que han establecido unas normas? ¡Yo sé lo que está pasando aquí y, francamente, estoy horrorizada!

A mí me horroriza pensar que toda esta gente ha acudido hoy al gimnasio porque quiero salir una noche con mi chica. Pero también es gratificante ver que alguien se enfrenta a la señora Greene en mi defensa.

Con suavidad, el director Hawkins se apodera del megáfono. Agita las manos de un modo conciliador, animando a la gente a sentarse. Mi abuela y yo nos sentamos al lado de los mismos que protestan por mi mera existencia, porque parecería raro sentarse con desconocidos. Pero aquí también resulta raro sentarse con gente conocida. El círculo de Moisés sigue surtiendo efecto. En las gradas, la gente se aleja de mí, y crea una pequeña isla cuya población consiste en mi abuela y yo.

—Gracias a todos por venir —dice el director—. Gracias a todos por compartir vuestras preocupaciones. Y gracias a Alyssa Greene por dar un paso adelante y tomar el control de la situación. Es una chica muy notable, el tipo de líder que fortalece los valores de James Madison. Un aplauso para Alyssa Greene.

La gente aplaude por educación. Y es evidente que es solo

por educación, porque algunas voces murmullan entre las gradas. Cada uno de los bandos está debatiendo consigo mismo. Todos esperan su turno para hablar. Aunque me temo que esta tarde nadie va a escuchar a nadie. Pero, bueno, esta pequeña ciudad de Indiana, que recibió el horario de verano como si fuera obra del diablo, es totalmente libre de demostrarme que estoy equivocada.

Alyssa da las gracias al director Hawkins. Le tiemblan las manos, puedo verlo desde aquí. Ojalá pudiera tomarlas entre las mías y calmarlas. Ojalá pudiera susurrarle al oído lo bien que lo va a hacer. Este es un momento muy importante, no porque ella haya salido del armario, sino precisamente porque no lo ha hecho.

Se arriesga a perder la relación con su madre por defenderme a mí; se arriesga a descubrirse delante de todo el instituto. Sin duda quiero que la gente sepa que estamos enamoradas, pero ahora mismo solo quiero que se den cuenta de lo valiente que es.

—Estudiantes, padres, invitados —comienza. Al principio parece envarada y mira con vaguedad a la lejanía. Pero a medida que va hablando, entra en calor y se tranquiliza. Mira alternativamente a un lado y al otro mientras habla—. Nuestro baile de graduación es una celebración para todos los alumnos de James Madison High. Una celebración de nuestros logros y de nuestro potencial en el camino hacia el futuro. Es una celebración para todos nosotros. Para todos.

La señora Greene interviene. No necesita ningún megáfono para hacerse oír, ahora que la multitud guarda silencio.

—¡Quiero recordar a todo el mundo que el baile de graduación no es un evento patrocinado por la escuela! El director Hawkins se niega a financiar el baile…

—No figura en el presupuesto —interviene el director—. Nuestros libros de texto tienen diez años, ¡y la tecnología con la que contamos es todavía más antigua!

Como si el director no hubiera dicho nada, la señora Greene continúa.

—Este es un acontecimiento social que nosotros, los padres, organizamos y, por ello, ¡tenemos derecho a decidir quién puede asistir y quién no! ¡No vamos a dejar que el gobierno ni la Asociación por las Libertades Civiles nos digan lo que tenemos que hacer!

—¡No somos de ninguna asociación! —grita Dee Dee. Señala a la muchedumbre que la respalda—. Somos el reparto en gira de la obra *Godspell* y…

—¡No obligarán a mi hijo a ir a un baile de homosexuales! —grita una madre, interrumpiendo a Dee Dee.

—No es un baile de homosexuales —dice Alyssa—. ¡Es un baile inclusivo!

—¿Habrá homosexuales o no?

—Sí —reconoce Alyssa.

Barry «Mr. Pecker» Glickman da un bote y sacude la pancarta.

—¿Y qué pasa si los hay? Ser gay no tiene nada de malo. ¡Mírenme a mí! ¡Soy un actor dramático internacionalmente famoso, ganador del premio Drama Desk, y soy más gay que un cubo de pelucas!

Un resoplido recorre la sala. Un resoplido literal, coordinado, de terror. Edgewater es un lugar perdido en medio de la nada, pero tampoco estamos en el siglo XIV. Aquí también vemos *Drag Race*.

Algunas personas discretamente gais viven en la ciudad. Son gais que tienen «compañeros de piso» o «amigos», que no se dan la mano en público y que en ningún caso se apresuraron a casarse cuando el estado de Indiana se unió al resto del país (en último lugar) y legalizó el matrimonio homosexual.

Pero en ningún lugar de Edgewater (nunca, jamás) ninguna persona ha saltado en medio de una reunión escolar y ha proclamado su condición de gay.

Nunca.

En realidad, no creo que yo misma haya dicho nunca algo parecido. En mi canal dije que estaba enamorada de una chica. A mis padres no tuve que decirles nada, ni tampoco a mi abuela. Bueno…, es cierto, salí del armario en segundo, pero en realidad no he dicho nunca a nadie que sea gay. Y ahora que acabo de oír este resoplido colectivo, dudo que lo haga nunca.

Barry baja al anillo central y mira a su alrededor.

—¡Emma! ¿Dónde estás?

Aunque hubiera sido lo más conveniente, la tierra no se traga el banco en el que estoy sentada llevándome consigo. Todo el mundo me está mirando, de modo que no tiene sentido fingir que no soy la lesbiana en cuestión. Al fin y al cabo, soy la única chica que lleva una camisa a cuadros de franela y zapatos razonables. Muy lentamente, levanto la mano.

Barry se lanza hacia mí con los brazos extendidos.

—¡Mirad a esta pobre criatura! ¡Consumiéndose bajo vuestra sentencia! ¡Vuestras críticas! ¡Vuestras ofertas de tres al cuarto!

Envalentonada, Dee Dee también da un salto adelante. En realidad, salta de un modo que parece muy ensayado.

—¡No estamos aquí para hacer una escena! —Vuelve la cabeza y se dirige a Shelby, que, con el teléfono alzado, está inmortalizando el momento—. Cariño, si vas a hacer fotos, asegúrate de añadir el *hashtag* «Broadway se cuela en el baile», *hashtag* «dee dee allen», *hashtag* «sin filtros»…

—¡Esto que está pasando no nos atañe a nosotros! —interviene Barry, pasándome el brazo por encima del hombro. Es un hombre recio, fuerte. Y huele a un jabón realmente caro. Se gira hacia la mayor parte de la clase de último curso, los padres y dos periodistas, y declara—: ¡Os atañe a vosotros, para que abráis de una vez por todas vuestras pequeñas mentes!

El padre de Nick (reconocible como tal porque lleva una camiseta con el nombre de su hijo) se levanta y aúlla:

—¿Quién demonios se han creído que son?

—¡Nosotros —dice Barry y (pongo a Dios por testigo) se lleva la mano al pecho como si estuviera jurando lealtad eterna— somos actores liberales de Nueva York!

Yo me inclino hacia mi abuela y murmuro:

—Ya puestos, podría haber dicho «Somos Satanás y sus secuaces».

—Y representamos la libertad y la justicia para todos —añade Dee Dee—. ¡Estamos aquí por América!

—Esto no es América —dice la señora Greene—. ¡Esto es Edgewater, Indiana! Aquí tenemos una moral. ¡Tenemos un estilo de vida del que estamos muy orgullosos! ¡Creemos en Dios y en la patria, y creemos que hay un modo correcto y un modo incorrecto de hacer las cosas!

Antes de que la situación degenere en una bronca desatada entre la señora Greene y Dee Dee, algo de lo que sinceramente hay bastantes posibilidades, el director Hawkins se interpone entre las dos mujeres.

—Señoras, señoras, por favor, ¿podemos, por un instante, escuchar a la persona más afectada por todo esto?

¡¿Cómo?! ¡¿Que qué?! ¡Yo no he venido aquí para hablar! He venido porque Alyssa me lo ha pedido y porque sentía curiosidad por los manifestantes. Porque parecía una buena idea ver que hay más gente de mi lado, aparte de mi abuela, mi chica y el director. Una cosa es hablar en mi canal de You-Tube. Los comentarios son reconfortantes, se centran en mi manera de tocar la guitarra, y los afronto con la seguridad que da estar al otro lado de la pantalla del portátil. ¡Pero lo que no quiero es levantarme ahora y dirigirme a unas personas que parece que me fueran a morder si no tuvieran miedo de contagiarse la homosexualidad!

El director Hawkins reclama el megáfono y se acerca a mí con el aparato en la mano.

—Esta es Emma Nolan. Una magnífica estudiante desde que llegó. Es también una música de mucho talento y ha sido una alumna modélica durante cuatro años. Emma representa a James Madison y ahora quiere ir al baile de graduación. Emma, ¿puedes decirnos lo que significa ese baile para ti?

Noto el fuego de mil miradas puestas en mí. Noto el peso de mil iglesias sobre mí. Noto el agarrón demoledor de un actor sobre mis hombros.

Mis padres no están aquí; hace tiempo que me echaron de casa. El resto de los padres, en cambio, están en el sitio que les corresponde. Me miran con ojos pétreos. Ojos grises y rabiosos. Aprietan los puños, los aprietan tanto que los nudillos se les han puesto blancos. ¿Cómo es posible que el director Hawkins no se dé cuenta? ¿No ve que lo que yo diga no va a servir de nada?

Al parecer no. Se coloca a mi lado y me mira expectante. Barry me da una sacudida motivadora. Miro a Alyssa, pero solo fugazmente. Su madre está aquí. La ciudad está aquí. No estoy sola, pero en estos momentos me siento sola.

Mi voz tiembla cuando hablo por el megáfono. Abrochaos bien los cinturones, porque no vais a creer la frase emotiva y edificante que pronuncio. ¿Preparados? Allá vamos:

—Solo quiero ir al baile de graduación como cualquier otra persona.

Es la cosa menos profunda que podría haber dicho. Y, al mismo tiempo, parece que haya soltado una colmena de abejas en una peluquería. Qué gritos. Oh, Dios mío, qué gritos.

—¡No podéis obligarnos a celebrar un baile homosexual!

—¡Es guay! ¡Es gay! ¡Acostumbraos!

—¡Este instituto no puede consentir la discriminación!

Y, una vez más, todo el mundo aúlla y nadie escucha. En vista de cómo se escabechan (y de cómo algunos de los de Broadway empiezan a cantar selecciones de *Hamilton*), permanezco impertérrita. Lo están haciendo por mí. Soy la semilla del caos. Caramba, tal vez sea la Jinete del Caballo Rojo del Apocalipsis.

Lo más divertido es que, en caso de serlo, ninguna persona de mi ciudad natal ha recibido nunca la llamada de Jesucristo. Todos se quedaron atrás.

Suelto una carcajada histérica, amplificada por el megáfono.

Lo aparto y sacudo la cabeza. No estoy segura, pero creo que le digo «gracias» a Barry y «lo siento» al director Hawkins; en cualquier caso, me escabullo por una puerta lateral y salgo al aire fresco de la noche. Por muy agradable que sea tener gente de mi lado, necesito irme de aquí. Saco el móvil del bolsillo y escribo a Alyssa:

¡Ha sido divertido!

Ella me responde de inmediato.

Lo siento mucho.

Yo también. Pero eso me lo guardo para mí misma.

10

La madre que me crio

ALYSSA

El trayecto hasta casa después de la reunión no transcurre en silencio. Ojalá. Hubiera sido mucho más fácil sentarse al lado de mi madre, concentrada en su propio disgusto, y creer que no la he decepcionado en todos los sentidos.

—¿Y qué ha sido eso de «El baile es una celebración para todos nosotros»? En serio, Alyssa, te eduqué para algo mejor.

—En realidad —replico—, me educaste para ser una mujer fuerte. Para defender las cosas en las que creo.

—¡Te eduqué para ser una buena cristiana!

Me duele el estómago, que a su vez le pide al cerebro que deje de hablar. «Callar no significa otorgar», me consuela. Thomas More murió para demostrar precisamente esto. Tú lo has dicho, Thomas More MURIÓ para demostrarlo.

—Y eso es lo que soy —balbuceo—. ¿Acaso no te acuerdas de «amarás al prójimo como a ti mismo»?

Mi madre se gira para mirarme con tal rapidez que le crujen las vértebras del cuello. Tiene los ojos llenos de una furia que amenaza con disparar y provocar un incendio. Cada palabra que sale de su boca es una brasa a punto de prender.

—No te digo que odies a esa chica. Odia el pecado, ama al pecador. Incitarla a andar pavoneándose por el baile de graduación con una chica forastera sería amar el pecado. Sobre todo, después de que haya hecho venir a esos dementes de Nueva York para que nos pusieran en ridículo…

—¡Ella no los ha invitado, mamá!

Temblando de furia, mi madre se aferra al volante y hunde el pie en el acelerador. También el coche tiembla al alcanzar los ciento veinte kilómetros por hora. Tiene doce años y ya va por el tercer cambio de neumáticos. De manera asombrosa, mi madre se las arregla para explotar de rabia sin dejar de conducir en una línea perfectamente recta.

—No me vengas con esas, Alyssa. ¡Estaba suplicando que los de fuera intervinieran en el asunto cuando se burló de nuestras reglas en internet!

—¡Porque vosotros las ideasteis para impedirle que fuera al baile! Es una persona, mamá. ¿Qué tiene de malo?

—¿Que qué tiene de malo? Todo. ¡No puedes transigir en tus principios, si no quieres poner en riesgo todo lo que eres! Si dejamos que esa chica vaya al baile, ¿qué será lo siguiente? ¿Chicos disfrazándose de chicas para entrar en los vestuarios? ¡Un pecado lleva al otro, y eso lleva a la perdición!

Me encojo de dolor cuando la oigo decir este tipo de cosas, porque… siempre supe que a mi madre le costaría mucho aceptar que yo fuera lesbiana. Pero tampoco era consciente de hasta qué punto… No quiero llamarlo odio. No quiero llamar a mi madre homofóbica ni transfóbica, pero, por Dios, estos días está saliendo todo a la superficie.

—¡Nada de eso va a suceder! ¡Dejar en paz a los gais no es perjudicial para nadie!

—¿Ah, no? —contraataca mi madre, furiosa—. ¡Te recuerdo que el matrimonio gay se legalizó y tu padre se fue!

—¡Te dejó por una meteoróloga de Kansas!

—¡Después de que el Tribunal Supremo decidiera que los lazos matrimoniales ya no importan! Nos hicieron transigir en nuestros valores y una transigencia lleva a… Alyssa, algún día lo comprenderás. Vives en un hogar desestructurado. Estás confundida.

—Mamá, no estoy confundida.

Ahora finge que no me ha oído, con la racionalización y la negación haciendo horas extras.

—No pasa nada. Cuando vuelva tu padre, iremos a la iglesia a hacer terapia. El padre Jiménez es un hombre maravilloso, nos hará bien a todos. Ya lo verás.

Me froto la cara con ambas manos. Estoy haciendo lo posible por mantener a flote a mi madre. Pero empiezo a darme cuenta de que intentar mantenerla a flote a ella me está hundiendo a mí. Mi padre no va a volver, y ni siquiera se me permite estar enfadada por ello. Mi madre no me ayuda ni me anima a expresar cómo me siento al saber que mi padre ha creado una nueva familia. Mi padre me ha sustituido por un bebé recién nacido, ¡y me he enterado porque su primo me envió un mensaje de Facebook!

Al contrario, dedico todo mi tiempo a hacerla sentir mejor, a impedir que se enoje o se angustie todavía más. Solo faltan tres meses para que cumpla los dieciocho años y cuatro meses para que vaya a la universidad. Si para entonces no ha superado su obsesión por la perfección, la certeza de que puede arreglarlo todo y de que mi padre va a regresar cualquier día, ¿podré seguir ayudándola?

¿O seré como la amable señora Reynolds, que vende tomates en una mesa en el patio de su casa y finge que la señora Gloria no es su compañera sentimental? ¿Voy a pedir a Emma que mienta durante el resto de su vida solo para estar conmigo?

Emma está ya lista para dejar de mentir. ¿Cuánto tiempo pasará hasta que decida que no vale la pena luchar por mí?

¿Durante cuánto tiempo tendré que anteponer la felicidad de mi madre a la mía propia?

Trago saliva y observo los campos recién labrados que tanto quiero. Las hileras son tan rectas, tan ordenadas. Ahora son simples líneas trazadas en la tierra, pero dentro de pocas semanas anunciarán la primavera con sus nuevos brotes.

Vida nueva, verdor nuevo, esparciéndose en todas las direcciones. Quiero formar parte de ese dibujo tan pulcro. Quiero encajar, en mi propia ciudad, en mi propia casa. Y quiero hacerlo tal como soy. No tal como mi madre quiere que sea.

—Podemos hacer terapia cuatro días enteros, mamá, pero no cambiaré de opinión sobre este tema. Todo el mundo tiene derecho a ir al baile de graduación.

Mi madre avanza la mandíbula; siempre lo hace cuando se enfrenta a un problema y trata de resolverlo.

—No sé de dónde has sacado esta rebeldía, Alyssa.

—Hice un juramento —respondo, firmemente—. Soy la presidenta del consejo de estudiantes. No la presidenta de unos cuantos. En mi opinión, este año los jugadores de baloncesto no merecían un equipamiento nuevo, pero voté igualmente a favor, porque para ellos es importante. Y esto es importante para Emma.

—Emma, Emma, Emma —se burla mi madre, haciendo un gesto despectivo con la mano—. Debe de estar encantada, ante tantas muestras de atención. Es típico de ese tipo de gente. Ya has visto lo de esta tarde. ¡Ha sido patético!

—Pero han sido ellos, no ella.

—Pero lo han hecho por ella. ¿Qué diferencia hay? ¡Nunca me convencerás de que no lo ha organizado todo esa chica!

No recuerdo haber alzado nunca antes la voz contra mi madre, de modo que ambas nos sobresaltamos al oír la potencia de mi reacción:

—¡No habría pasado nada si no hubiera nada contra lo que protestar! ¡Y me apuesto un millón de dólares a que van a seguir protestando hasta que nosotros cambiemos de actitud!

—¡Alyssa, ya está bien!

La voz de mi madre es como la hoja de una navaja. Nos corta por la mitad, seccionando la conversación. Su apariencia perfecta flaquea y deja al descubierto todas las grietas que hay debajo. Está a punto de derrumbarse. Cruzamos un semáforo. Su rostro se ilumina por un instante y luego se oscurece. Y cuando la oscuridad regresa, todo vuelve a ponerse en su lugar.

—Bueno, háblame de ese John Cho —dice, como si no acabáramos de discutir. Como si pudiera pulsar un *reset* en nuestras vidas y continuar adelante en una dirección más agradable—. Si lo conociste en el curso de las Naciones Unidas, debe de ser inteligente. No tanto como mi niña, pero inteligente.

—Mamá —digo, con un tono de advertencia.

—Debes tener cuidado —continúa—. A los chicos no les gusta que una chica sea demasiado inteligente. Pero mira esa carita. Esa cara tan bonita. Seguro que lo distraerá.

—Mamá, he cancelado la cita, ¿vale? Cambiasteis las reglas para prohibir las parejas de fuera del instituto, de modo que lo he dejado correr.

Con una expresión desesperada, mi madre gime:

—¡Alyssa, cariño! ¿Por qué lo has hecho? Ya te he dicho que esa regla no se te iba a aplicar a ti.

—Pues debería.

Lo lleva escrito en la cara: esto lo estropea todo. La noche tiene que ser perfecta, y solo va a serlo si voy del brazo de mi pareja. Por un momento pienso que se va a echar a llorar. Pero entonces encuentra una reserva de energía y ahuyenta el obstáculo como si fuera una mosca errante.

—Todavía hay tiempo. ¡Vuelve a llamarlo! Oye, ¿sabes una cosa? Hicimos bien en ir a Edinburgh a por tu vestido. Vas a eclipsar a todas las demás. Es una lástima que no quisieras participar en el concurso. Seguramente ganará Kaylee y no es ni la mitad de guapa que tú.

Con mucho tacto, digo:

—¿Esto quiere decir que el baile no se va a cancelar? ¿Seguro?

La risa de mi madre, ligera y etérea, inunda el coche. Me lanza una mirada, con su sonrisa perfecta y los dientes perfectamente blancos. Es tan perfecta que parece la hada madrina de una película de Disney.

—¿Cómo voy a impedir que mi hija disfrute de su baile de graduación?

La miro con precaución. ¿He sido yo quien la ha hecho cambiar de opinión? No sé por qué, pero no me atrevo a preguntarlo. Que se haya decidido a ceder sería una buena noticia. Pero, sinceramente, no sé si esto es una rendición o es que su desconexión con la realidad se ha vuelto ya permanente. Prefiero no contestar.

Mi madre alarga el brazo y me aprieta la mano.

—Me encantaría haceros unas fotos delante de la chimenea y debajo del roble. ¿Él es más alto que tú? Si no lo es, no pasa nada. Puedes esperar a ponerte los tacones. ¿Sabes a qué hora pasará a recogerte?

—Mamá, ya te he dicho que he cancelado la cita —insisto, obligando a mi voz a parecer normal, como si la situación tuviera algo de normal—. No va a venir.

—Y yo te he dicho que lo llames —replica mi madre, revolviéndose alegremente en el asiento.

Empiezo a discutir. Pero luego me doy cuenta de que es absurdo debatir sobre el calendario social imaginario de una pareja imaginaria. Es más fácil callar, asentir y seguirle la corriente a mi madre. No cambia nada, pero al menos el resto del trayecto hasta llegar a casa es un poco más tranquilo.

Y esto ya es algo, por el momento.

11

¿No sería maravilloso?

EMMA

Por una razón que no alcanzo a comprender, mi abuela quiere hablar con la gente de Broadway.

De modo que seguimos al autobús de gira hasta el Comfort Inn, donde están alojados. Me alivia que no hayan acabado en el Knights Inn, el motel situado al otro lado de la autopista que alquila habitaciones por horas y a los camioneros les encanta.

El conductor ha aparcado el autobús en la parte posterior del aparcamiento, y los integrantes del reparto de *Godspell* están agrupados delante del edificio. Hay dos hombres con los brazos entrelazados, y no creo que se abracen para estar más calentitos.

Mientras avanzamos entre la gente, observo maravillada cómo una de las chicas se coge la curva del pie y lo pasa por encima de la cabeza. Se queda allí posada sobre el otro pie, arqueando la espalda y conversando al mismo tiempo.

—¡Se te van a salir los ojos! —me advierte mi abuela, divertida, mientras me hace pasar al interior. En el vestíbulo, la escena es muy parecida. En el sofá hay un chico sentado sobre el regazo de una chica y una animada conversación tiene lugar junto al portaequipajes.

Pero nosotras hemos venido a ver a dos actores de Broadway en concreto; los que ahora mismo están de pie junto al mostrador de recepción. Mi abuela agita la mano y los llama:

—¡Señor Glickman! ¡Señorita Allen!

Barry interrumpe el monólogo con el que obsequiaba al recepcionista del hotel. Sorpresa, sorpresa, no hay sauna ni servicio de habitaciones en el Comfort Inn de Edgewater, Indiana. Tampoco hay suites. Pero, bueno, solo tiene tres pisos, ¿qué esperaban? Se alisa la pechera de la americana y se acerca a nosotras.

—Querida Emma —dice, y en vez de darme la mano, captura mi mano con la suya y la aprieta. No estoy muy segura, pero creo que hace incluso una pequeña reverencia—. ¿Qué hacéis aquí?

—Hemos venido a darles las gracias —dice mi abuela. Se coloca ligeramente delante de mí, estableciendo un ligero muro de protección—. Yo quiero darles las gracias personalmente por haber venido hasta aquí para ayudar a mi Emma. Estos dos últimos años han sido para ella un campo muy difícil de labrar.

—Metáforas granjeras —comenta Dee Dee, dando la vuelta a la maleta con ruedecitas y cerrando el asa con precisión—. ¡Qué maravilla!

Barry me suelta la mano y asiente.

—Yo nunca tuve ocasión de asistir al baile de graduación. Bueno, no es verdad, fui a catorce bailes diferentes, pero ninguno de ellos era el mío. Y yo…

—Nosotros —le corrige Dee Dee.

Barry se la queda mirando.

—Nosotros no podíamos permitir que te pasara lo mismo. Hoy en día no.

—Es un lugar muy duro para esta niña —dice mi abuela mientras me acaricia el pelo como si tuviera dos años. Ligeramente avergonzada, me aparto. Si a continuación pretende pellizcar mofletes, tendrá que recurrir a los de Barry. ¿Quién sabe? Tal vez incluso le guste.

—No entiendo por qué la gente le da tanta importancia a esto —digo por fin.

—Es por pura ignorancia —anuncia Dee Dee, con una seguridad absoluta—. ¡La ignorancia de la gente de campo! Estos paletos trigueros no aprenden porque no quieren aprender.

Por mucho que viva aquí, por mucho que deteste en gran parte vivir aquí, se me eriza el vello solo de oírla. Dee Dee es de Nueva York, esa mágica tierra de las hadas donde al parecer puedes ganarte la vida fingiendo que eres otra persona en el escenario, y donde, además, existe el transporte público.

Y aquí está, hablando de ignorancia, cuando ni siquiera sabe que en Indiana no hay paletos trigueros.

En Indiana casi no se cultiva el trigo. Y si no hay trigo, no hay trigueros, gracias. Cultivamos maíz y soja; somos granjeros de vacas y de cerdos. (Además exportamos caliza y gas natural. De nada.) Una cosa es que nos llame paletos. Es cierto que la gente aquí se mata trabajando y muchos no tienen estudios. Pero ¿trigueros? Me temo que no.

Me resulta extraño tener que defender mentalmente este lugar, pero así son las cosas. Vivo aquí. Conozco todos nuestros defectos. Si tengo que decir barbaridades en el dialecto de Indiana, trae el pollo y los fideos con puré de patatas, y lo haré encantada. Mi dialecto es muy preciso. Dee Dee, en cambio, está a punto de ganarse un rapapolvo por su actitud, cortesía de esta lesbiana tan triguera.

—¿Puedo robarle un minuto a esta encantadora monada? —pregunta Barry.

Mi abuela lo repasa con la mirada y luego me echa un vistazo. Después de tocarse un rato la nariz, dice:

—De acuerdo, pero sin que se aparten de mi vista.

Y yo que quería decirle cuatro cosas a Dee Dee. Me quedo con las ganas de hacerlo, pero mi humor se va apaciguando conforme me alejo de ella. Barry y yo nos sentamos en dos sillas verdes idénticas junto a la mesilla, después de ahuyentar a un par de chicos de la compañía. Ellos lo miran como si fuera un dios. Supongo que un dios romano, con su afición a los festines y las libaciones.

Una bandeja de galletas de chocolate y canela descansa bajo un letrero que anima a comerlas. Pero no hay pinzas. Si quieres una, tendrás que cogerla con la mano sucia como todos los demás.

En cualquier caso, Barry toma una galleta y la parte en dos. Me ofrece la mitad y me lanza una sonrisa solidaria.

—He pasado exactamente por la misma situación que estás viviendo tú ahora —dice, y con ojos amables echa un vistazo a mi abuela—. Bueno, por lo menos tú tienes a tu madre.

—En realidad es mi abuela —aclaro—. Me acogió cuando mis padres me echaron de casa.

—¿Cómo es posible?

—Mi abuela dice que papá debió de caerse demasiadas veces de cabeza cuando era bebé —digo mientras me encojo de hombros y sonrío tímidamente.

Pero en vez de reírse con la ocurrencia, Barry emite un sonido increíblemente compasivo. La tristeza de su rostro es tan real y tan intensa que se me llenan los ojos de lágrimas. En mi mente sigue siendo Mr. Pecker, pero en versión mejorada, más cariñosa y sincera.

Tras dejar su mitad de la galleta, descansa la barbilla sobre la mano y dice:

—Esto es muy duro, chica. Y… yo también lo he pasado.

—Lo siento.

—Yo también. —Mira a lo lejos, pero enseguida regresa al presente—. Pero lo que he venido a decirte es que las personas como nosotros tenemos ocasión de elegir a nuestra familia. Y cuando nos vemos, sea en una habitación o en la otra punta del país, nos preocupamos los unos por los otros. En vez del tío que cuenta chistes racistas el día de Acción de Gracias, ahora me tienes a mí.

—¿El tío que se manifiesta delante de mi escuela?

—Cariño, soy el tío que te va a cambiar la vida.

Hace un gesto teatral, sonríe y chasquea la lengua.

Barry es, sin lugar a dudas, la persona más gay que he conocido en toda mi vida, y eso que con mi novia no nos hemos andado con chiquitas. ¿Tal vez debería decir más bien que es la persona que se acerca más al estereotipo de gay que he conocido? ¿La persona más amanerada que he conocido? ¡No lo sé!

Tal vez esté mostrando mi propia homofobia interiorizada. Porque Barry parece totalmente cómodo en su propia piel, y yo estoy sentada en la silla de este motel con una galleta pasada entre las zarpas, como una gárgola demasiado vulgar para llegar a optar a la torre del campanario.

—¿Y sabes una cosa? —continúa Barry, inclinándose hacia mí y bajando la voz—. Hay una oportunidad de salir de aquí. He visto el resto de los vídeos de tu canal. Tienes talento, Emma. Siempre hay espacio para la gente con talento. Cantante de estudio, corista, dobladora de rubias incapaces de afinar una nota en la enésima secuela de *Mamma Mia*… Qué cruel soy. Haz ver que no he dicho esto último.

Me sorprende mi propia sonrisa, mi propia carcajada repentina. Está diciendo justo lo que yo quiero oír. Aquí hay una persona que está totalmente, absolutamente, de mi lado. Que ha pasado por lo mismo que estoy pasando yo. Que ha salido adelante. Cuando dicen que la situación mejora con el tiempo, se refieren a esto.

—Barry…. ¿Puedo llamarte Barry? —pregunto, saboreando el peso de su nombre en mi lengua cuando él asiente—. Estoy muy agradecida de que hayáis venido hasta aquí. Pero después de lo de esta noche… No estoy segura de que sea buena idea seguir presionando. Ya has visto lo furiosos que están todos los padres. Y cuando habéis aparecido antes en el instituto, habéis interrumpido literalmente una amenaza de muerte en curso.

—¡Pero, Emma! ¡Por eso justamente estamos aquí!

—¿No crees que vais a empeorar las cosas?

Barry levanta la silla por los brazos, la gira hacia mí y la deja caer de golpe. Vuelve a tomarme las manos.

—Terminantemente no. No permitiremos que eso suceda. Con mi presencia y la de Dee Dee, este va a ser el baile de graduación más observado del país. No se atreverán.

—Eres muy amable, pero todavía no sabemos si el baile se va a celebrar. Y además… —Encojo los hombros con remordimiento—. Aunque se celebre, no creo que mi novia pueda asistir a él.

Parece que Barry esté a punto de decir alguna impertinencia. Pero se lo piensa dos veces y se frota las manos. Entonces proyecta la voz, casi como si estuviera cantando, para preguntar:

—¿Quién es tu novia?

Vaya, cuánto agradezco la expresión patidifusa de su rostro cuando respondo:

—Alyssa Greene, la presidenta del consejo de estudiantes. Su madre es la jefa de la Asociación de Padres; la que me odia a muerte.

Escandalizado, Barry pregunta:

—¿Su madre lo sabe?

—Nooooo —respondo—. Ni su hija ni yo se lo hemos dicho nunca, y no queremos que lo descubra hasta que Alyssa esté preparada, ¿entendido?

—Estoy aquí en calidad de agente de Cupido, no para sembrar la discordia, querida mía —asiente Barry con firmeza, y luego dice—: ¿Sabes una cosa? Ocúpate tú de tu novia, y yo me ocuparé de todo lo demás. Déjalo en mis manos, Emma. Habrá baile de graduación, y será perfecto. Me encargaré de las flores, de tu peinado, de tus zapatos… ¿Tienes vestido?

Tartamudeo.

—Pues, no…

No me atrevo a decir que no tenía ninguna intención de llevar un vestido.

—Oh, cariño, veo que tengo muchas cosas que hacer. ¿Dónde está el Sacks más cercano?

—No tenemos ninguno.

Él se estremece, pero se corrige:

—¿Macy's?

Niego con la cabeza.

—Lo siento. Tenemos un Walmart.

—Por el amor de Dios, Emma, esto es un baile de graduación, no una fiesta mayor. Muy bien. Respira. Concéntrate. Exhala. Bien. —Cierra los puños y termina su sesión de meditación improvisada—. No hay Sacks, ningún problema. El diseñador de vestuario Gregg Barnes, ganador de un premio Tony, me debe un par de favores. Haré que mande una selección por FedEx.

—¿Al instituto?

—A tu humilde morada, Emma —Barry reflexiona, y luego pregunta—: Si a tu abuela le parece bien que un hombre de mediana edad se pasee por tu dormitorio.

Ambos la miramos a la vez. Está tonteando con uno de los jóvenes manifestantes; su pelo largo y dorado es irresistible.

—Nos obligará a tener la puerta abierta y ambos pies pegados al suelo —respondo.

—Haré lo que pueda —bromea Barry.

En mi móvil suena una alerta de mensaje. Lo saco del bolsillo, pero no lo miro. Tengo la garganta seca y el corazón se me para. Le digo a Barry:

—Es del instituto.

—Léelo —dice—. Si va a haber batalla, debemos prepararnos. No nos presentaremos a un combate de boxeo con las manos desnudas.

Desbloqueo la pantalla y pulso en la notificación. El correo tarda un minuto en abrirse. La cobertura es muy débil en esta zona a causa de la caliza, y también porque vivimos en medio de la nada. Por fin, la pantalla se pone blanca, y ahí está. Una carta de la Asociación de Padres.

—«Con relación al baile de graduación de este año —comienzo, vacilante, y luego sigo leyendo—. Tras muchas consideraciones y consultas con amigos, familiares y miembros de la comunidad, la Asociación de Padres de James Madison ha decidido seguir adelante con los planes y celebrar el baile en su fecha y hora originales. Seguiremos informando según sea necesario. Gracias por vuestro apoyo apasionado. Estamos orgullosos de nuestros estudiantes y de nuestros Golden Weevils de 2019. Sinceramente, Elena Greene, presidenta de la AP.»

—Lo hemos conseguido —dice Barry, tan flojo que casi parece un susurro. Entonces se levanta y grita a la sala contigua—: ¡Dee Dee! ¡Reparto no participativo de *Godspell*! ¡Lo hemos conseguido! ¡Emma va a ir al baile de graduación!

Un rugido inunda el vestíbulo del hotel. La gente se abraza y entrechoca las manos por todas partes. La noticia viaja deprisa, se grita por las puertas correderas con un gran entusiasmo. Hay tantos rostros radiantes y contentos a mi alrededor que no puedo evitar echarme a reír. Agradezco todo este jaleo.

—¡Hurra por nosotros! —grita Dee Dee, con las manos por encima de la cabeza.

Mi abuela arquea una ceja.

—Más bien, hurra por Emma.

—También por ellos —reconozco—. Todo ha cambiado desde que llegaron.

Y a continuación, Barry arrastra a Dee Dee a bailar un vals muy coreografiado. (Me lo imagino, ¿cómo voy a saberlo? Esto es Indiana 2019, no Versalles 1719, aunque existe un pueblo llamado Versalles en Indiana, y adivinad cuántas eses y cuántas eles pronunciamos. *Spoiler*: todas.)

Mientras la gente vitorea y canta a mi alrededor (a pesar de que llevan muy poco tiempo aquí, ya me he dado cuenta de que esto es algo muy propio de todos ellos), me sumerjo en un silencio lleno de estupefacción. El teléfono pesa una tonelada, pero yo me siento ligera como el aire. Voy a ir al baile de graduación.

Voy a ir al baile de graduación.

12

Ha empezado algo

ALYSSA

Abro la puerta de mi coche y Emma salta al interior.

La estrecho entre mis brazos y la beso. La beso fuerte y rápido; la beso con suavidad. La beso hasta que nuestros labios se vuelven pegajosos y las ventanillas se empañan. Sabe a chicle y a electricidad, una dulce tormenta de verano que me recorre el cuerpo y que no me deja parar.

Aunque seguimos estando aparcadas en el camino de entrada de casa de su abuela, la beso una y otra vez, disculpas y promesas, saludos en vez de despedidas, para variar. Todavía no. Esta noche no.

Cuando Emma se retira para darse un respiro, aprieta su frente contra la mía. Me pasa los dedos por el pelo; tiemblo. Es descarada y constante e intocable al mismo tiempo, y yo le transmito mi alivio con caricias suaves sobre su piel. Últimamente hemos estado tan alejadas que temía que no volviéramos a conectar, pero lo hacemos.

Encajamos una en la otra, mis manos en las suyas, mis labios sobre los suyos, mi corazón contra el suyo. Una ligera reverberación me recorre el pecho y siento un mareo momentáneo. Ella me marea.

—¿Cómo has conseguido escapar de la prisión? —pregunta Emma, esbozando con los labios una sonrisa.

—He cavado un túnel tras la foto de Ruby Rose que tengo colgada en la pared.

Las carcajadas inundan el coche y ella me abraza con furia. Al retirarse, apoya la cabeza contra el reposacabezas. Con los dedos, juguetea con los míos. Las yemas, endurecidas de tocar la guitarra, crean sus propios besos en la palma de mi mano.

—Hablo en serio.

—¿En serio? El jefe de mi madre en el Red Stripe ha amenazado con abrirle un expediente si sigue saltándose turnos.

—¡Vaya! —exclama Emma, frunciendo el entrecejo—. Supongo que es difícil salir del mundo de los supermercados una vez estás metida hasta las cejas.

Me río con suavidad; si pongo los ojos en blanco es porque me divierte, no porque esté molesta. Por mucho que mi madre sea la responsable de que la vida de Emma sea exponencialmente más dura, ella no me lo echa en cara. No la trata con crueldad y a veces (sobre todo, estos últimos días) siento que tendría todo el derecho a hacerlo.

Mi madre es un desastre difícil de entender, pero es mi desastre. Y es lo único que tengo. Mis abuelos se retiraron a Nuevo México; mi única tía vive en Des Moines. Existen solo en Navidad y en las felicitaciones de cumpleaños, en Facebook y en mensajes de texto. Mi padre…, bueno, ya sabéis lo de mi padre.

—He estado pensando —digo, y mi piel arde solo de decirlo—. El baile vuelve a estar en pie, y obviamente no sería así si mi madre no hubiera suavizado un poco su postura…

—¿Cómo? ¿No crees que ha sido la invasión de Broadway la que le ha hecho cambiar de opinión?

—Emma.

—Este fin de semana van a actuar en la feria de camiones, para dejar clara su postura. ¿Te imaginas cómo los van a recibir? He intentado advertirles.

Me tapo la cara con las dos manos y sacudo la cabeza.

—¿Por qué lo hacen? Ya han conseguido lo que buscaban.

—¿El espectáculo debe continuar? —dice Emma, con una entonación interrogativa. Se encoge de hombros, y luego cambia de expresión y de tono. Ahora es más suave, casi voluptuoso—. Barry va a cobrarse un favor de un amigo suyo que es diseñador de vestuario y me va a conseguir un vestido.

—¿Ahora os tuteáis?

Cuando Emma asiente, el pelo oscuro se le mueve hacia delante y hacia atrás, y las gafas le resbalan por la nariz.

—Eso parece. Y me temo que su idea de llevar un atuendo tan formal no encaja con la que yo tenía, pero… anoche estuvimos hablando mucho rato. Fue muy agradable.

La culpa me corroe. Lo está haciendo sola. Aun peor, todo es culpa de mi madre y encima lo está haciendo sola. El señor Glickman y la señorita Allen parecen un poco… intensos, pero supongo que no puedo culpar a Emma por recibirlos con los brazos abiertos. Me obligo a sonreír y pregunto:

—¿En serio?

Mientras mira por la ventana, los rasgos de Emma reflejan

algo especial. Es como si estuviera absorta en un recuerdo. Tiene un tono melancólico cuando dice:

—Sí, lo fue. Creo que es la primera persona que me ha comprendido de verdad.

Mi sonrisa se desvanece.

—Vaya.

—Ya me entiendes —dice Emma. De pronto empieza a gesticular, a llenar el coche de manos agitadas y animación. No la había visto tan emocionada desde que descubrió que la nueva *Sabrina* iba a ser friki barra siniestra en vez de ridícula barra boba.

—Se siente a gusto tal como es —continúa—. A él también lo echó su madre de casa. Dice que las personas como nosotras tenemos la oportunidad de elegir a nuestras familias. Que podemos elegir a la gente que nos rodea. A mí nunca se me había ocurrido verlo así. Si la familia es amor, entonces las personas a las que amamos son nuestra familia.

No sé por qué, pero una inquietud serpentea en mi interior, me atraviesa la barriga. Es como si me agarrara a un globo con demasiada fuerza, temerosa de que se me fuera a escapar. Interrumpo esta línea de pensamiento y digo:

—No es que quiera cambiar de tema, pero... Quiero que sepas que mi intención sigue siendo ir contigo al baile de graduación.

Ella se queda helada.

—Pensaba que esto ya estaba decidido.

—¡Sí que lo está, lo estaba! —exclamo—. Pero yo no sabía, con todo lo que ha pasado... No sé, pensé que tal vez habías cambiado de opinión.

Al oír esto, Emma se echa atrás y se me queda mirando. Me mira con mucha atención.

—Te das cuenta de que yo soy la única que no ha cambiado, ¿verdad? Yo no pedí a tu madre que convirtiera esto en un referéndum sobre mi persona. Y no pedí que Broadway se manifestara delante de la escuela. Yo no he pedido nada de esto.

—¡No, claro que no! —Levanto las manos—. Por favor, no quiero discutir.

—Yo tampoco. —Emma parece decepcionada, pero por suerte me toma las manos con delicadeza—. ¿Y sabes una cosa? No quiero provocar una revolución. No quiero ser una pionera ni un símbolo. Y no me importa lo que piensen los demás. Solo quiero bailar contigo.

Cuando aparecen las lágrimas, me pillan por sorpresa. «Es lo que quiero yo también», me gustaría decir. Que bailemos juntas, dejar que el mundo se funda, y sentirme a gusto por ello. No tener miedo. Quiero tanto a Emma que me duele, y no soporto que mi modo de amarla también le cause dolor a ella. Por fin, digo:

—Yo solo quiero abrazarte.

—Y yo no quiero soltarte nunca —responde ella. Sus ojos también están llenos de lágrimas—. Dos personas balanceándose, nada más. De todos modos, nadie sabe ya bailar. Seremos tú y yo, moviéndonos desgarbadamente al compás de una música que en teoría no es para bailar. No sé por qué les da tanto miedo, pero no me importa, Alyssa. Lo único que me importa eres tú.

Me giro para recomponerme. Soy una llorona bastante

escandalosa, y cuando la bese después, no quiero llenarla de babas.

—Te lo prometo. Cuando salgamos a la pista, estaremos solo nosotras dos, tú y yo y una canción.

Emma vuelve a acurrucarse entre mis brazos, y yo la abrazo con fuerza. Froto la mejilla contra su pelo y presiono hasta oír cómo respira. No está bien que algo tan bueno, tan perfecto como lo nuestro pueda causar tantos problemas. Bueno, más bien que la gente permita que algo tan bueno y tan perfecto les moleste.

Empieza a llover suavemente y el sonido amortiguado de las gotas golpeteando el techo del coche surte el efecto deseado por Emma: hace que el mundo se funda. Ahora, aquí en la oscuridad, entre la neblina, bajo la lluvia, no existe el mundo, solo esto. Solo el ahora.

Solo nosotras dos.

13

Alboroto, algo de escándalo y, además, bizcocho

EMMA

Oigo a Barry y a Dee Dee antes incluso de que llamen a la puerta.

En concreto, oigo a Dee Dee haciendo algo que suena sospechosamente a unos pasos de claqué. Y cuando por fin llama a la puerta, lo hace de un modo alegre y estridente. Me levanto de un salto de la tumbona amarillo chillón de la sala de estar para ir a abrir.

—Esperaba que llegaran elegantemente tarde —dice mi abuela, mientras saca un cuchillo de pan para cortar el pastel que ha preparado. La casa entera huele a azúcar y a vainilla, y a pesar de estar nerviosa, abro la puerta con una sonrisa.

—*Nous sommes arrivés* —anuncia Dee Dee, que cruza el umbral como si fuera una vedete. Me toma con sus manos de manicura, comprime la mejilla contra la mía y me sopla al oído. Cuando se suelta, casi me caigo al suelo. Lleva en mi casa menos de diez segundos y ya me he quedado sin aliento.

A continuación entra un perchero con ruedas lleno de prendas de ropa, empujado por Barry. Su piel perfecta está ligeramente rosada, y al entrar se saca un pañuelo del bolsillo y se seca la cara. Cuando termina, cierra los ojos, toma aliento y luego regresa al presente.

—¡Emma! —dice, un poco más animado. Por suerte, no me hace dar vueltas por la habitación. Solo me toma las manos y las aprieta—. ¿Cómo estás, querida?

Abrumada. Emocionada. ¿Ligeramente mareada? No digo ninguna de estas cosas, porque ninguna de ellas responde a la pregunta. Estoy de todas estas maneras y más. Me siento como una veleta que gira hacia el éxtasis, y luego retrocede hacia la desesperación. Así que le ofrezco una sonrisa y le hago pasar.

—Estoy bien, gracias. ¿Y tú?

—Recuperándome —Dee Dee responde por él.

Se da la vuelta, como si buscara un buen lugar donde colocarse. Tenemos un sillón, un sofá de dos plazas, una mecedora y la tumbona amarilla, pero Dee Dee parece desubicada. Al final, consigue situarse junto a la chimenea. Tras posar dramáticamente la mano sobre su corazón, explica:

—Nadie ha apreciado nuestra actuación en la feria. ¡Nos han tirado objetos!

—¿En serio? —pregunta mi abuela, disimulando una sonrisa.

—¡En serio! ¿Sabéis cuánta gente pagaría un buen dinero par vernos en Nueva York?

—Probablemente sea el tiempo cambiante —dice mi abuela—. La gente se trastoca un poco al llegar la primavera. ¿Quieren algo para merendar?

Coloca unas gruesas porciones amarillas de bizcocho en unos platos de cartón. Tengo ganas de ver lo que hará Dee Dee con los platos desechables.

Dee Dee echa un vistazo al pastel y desvía rápidamente la mirada.

—De ninguna manera —dice. Y entonces, con la misma rapidez, se contradice—. Pero sería terriblemente maleducado rechazarlo. ¿Solo un trocito para mí?

—Quiero sacar estos vestidos de los portatrajes para que Emma se los pruebe —dice Barry—. ¿Por dónde se va a la alcoba?

—Ah, si te refieres a mi habitación, es por aquí —digo, haciendo un gesto hacia el pasillo.

Barry coloca mi mano sobre el perchero con ruedas y se dirige a mi habitación. Supongo que ya debe de estar harto de carretear este trasto. Divertida, lo arrastro detrás de mí. Pesa muchísimo, y se oyen objetos que rozan y tiemblan dentro de las gruesas bolsas de vinilo. Apuesto a que son diamantes de imitación. Eso espero, por lo menos.

—Oh, esto me suena —dice Barry mientras se pasea por el dormitorio—. ¡Aquí es donde grabas tus vídeos!

Todavía no me creo que se haya molestado en mirarlos. Con una sonrisa tímida, me siento sobre la cama y respondo:

—En efecto, aquí es donde se produce la magia.

—Bueno, pues yo te aseguro —dice, volviéndose hacia el perchero— que la magia del lugar va a aumentar exponencialmente, ¡a partir de ya!

—¿Sabes una cosa? —digo al instante—. Tal vez podríamos mezclarlo todo un poco. Yo había pensado en un esmoquin *vintage*, botas de caña alta...

Horrorizado, Barry se gira hacia mí.

—¿Podríamos? Sí. ¿Deberíamos? Por el amor de Dios, no.

Querida, te lo suplico. Deja que te vista yo para el baile de graduación.

—Vale —acepto. A ver, él es de Nueva York. No hay duda de que sabe más de moda que yo. Entrelazo las manos, me abrazo las rodillas, asiento para darle ánimos y espero.

Barry baja la cremallera del primer portatrajes y luego retira la funda como si estuviera descubriendo una escultura. Yo retrocedo, porque, por un segundo, parece que lo que sea que haya ahí dentro vaya a salir disparado y a clavarme un millón de pequeños témpanos.

El primer impulso de «lucha o huye» da paso a estar «ligeramente ansiosa», porque he visto que se trata de un vestido rojo con infinitas hileras de lentejuelas colgantes. El vestido se balancea cuando él lo saca de la bolsa, y al moverse suena como si cien susurros se dispararan a la vez.

—No veas —digo, asombrada.

Barry se inclina.

—¿No veas en sentido positivo o negativo?

—No veas, a secas.

Odio tener que rechazarlo, porque es evidentemente precioso. Y no quiero que él piense que no me estoy esforzando, pero de ninguna manera voy a asistir al baile de graduación con un vestido rojo de tía buenorra como el que tengo delante. Incumple el código de vestimenta por lo menos en medio metro, y el único accesorio que se me ocurre para acompañarlo es una metralleta. Y, teniendo en cuenta la situación en la que me hallo, esto podría considerarse ligeramente agresivo.

Por fin, se me ocurre algo que decir sin que suene muy ingrato:

126

—Es un poco llamativo para mí.

—De acuerdo —dice. Abre el segundo portatrajes y extrae un vestido de noche blanco con un lazo negro en los tobillos, en la cintura y en el cuello. Y volantes, no veas, un montón de volantes en el cuello.

No hay duda de que cubre todas las partes del cuerpo que estoy obligada a cubrir, y más. Las mangas se hinchan en los hombros y se estrechan hasta convertirse en apretados brazaletes. Barry me mira, arqueando las cejas.

—Hay un sombrero a juego, de un metro de ancho, y plumas de avestruz a tutiplén.

Me echo a reír.

—Sería una provocación flagrante para todos los gallitos del pueblo.

Barry suelta una risita al oír mi ocurrencia. Desde la otra habitación, oigo a Dee Dee entonando unos versos y a mi abuela respondiendo con su graznido de cuervo. Es la peor cantante que conozco, pero tampoco conozco a nadie a quien le guste tanto cantar. Mi abuela está estableciendo lazos de amistad con nuestra invasora de Broadway mientras comen bizcocho y cantan algo… ¿parecido a «Swing Low, Sweet Chariot»?

Toda la tensión que llevo dentro, que me rodea, se desvanece. Me da igual que no me encante este vestido; hay otro que me espera a continuación. Me da igual ser una chica normal de un sitio normal. Barry me hace sentir como si fuera mucho más que esta habitación, que esta ciudad, que este instante. Es fácil contagiarse de su entusiasmo, ¿y sabéis una cosa? Voy a darme el gustazo de hacerlo.

Es la primera vez en varias semanas que me río de verdad. Y que respiro. Y que no me preocupa nada más que la frívola pieza de confección lovecraftiana que me espera en la próxima bolsa. La casa parece mucho más grande. De algún modo, parece más plena y luminosa. Está… llena de vida. No recuerdo la última vez en que mi vida me pareció… plena.

Barry descubre el siguiente vestido con una lenta floritura. Es rosa y entallado, no encaja conmigo en absoluto. Pero este, por lo menos, parece un vestido que podría llevar al baile de graduación del instituto. O a un almuerzo de negocios con un grupo selecto de capitalistas emprendedores y gurús de la tecnología. Tras descolgar la percha, Barry dice:

—Tienes que probarte este. Es muy especial.

—Vale —respondo—. ¿Por qué no?

—Te esperaré en la sala de estar. Pero no me hagas esperar demasiado o conocerás a mi *alter ego* travestido, Carol Channing Tatum.

—¡La verdad es que me encantaría conocerlo! —exclamo con una carcajada.

Me hace un gesto autoritario.

—Ve. Ahora mismo.

Y dicho esto, me escabullo por el pasillo hacia el cuarto de baño. Me quito la camisa de cuadros y la camiseta, y me paso el vestido por encima de la cabeza. Es extrañamente pesado, y me siento como empaquetada. Yo nunca llevo ropa tan ajustada.

Mirándome en el espejo, intento alisarme y aplanarme… y luego trato de alzarme las tetas para centrarlas y que descansen sobre el artefacto. Los tirantes anchos cubren gran parte de mis hombros, pero no del todo. Hay demasiada piel. Enseña demasiado.

Nunca he sentido la necesidad de ser una chica mona. No tiene nada de malo. Alyssa siempre lleva finos volantes y ropa ajustada, zapatos de tacón a diario y faldas hasta los tobillos o hasta las rodillas. Siempre va ligeramente maquillada, con el rímel enmarcando sus grandes ojos castaños, y el lápiz de labios realzando la curva perfecta de sus labios. Me encantan las chicas monas.

Pero yo no soy una de ellas. Siento que mis articulaciones son diez veces demasiado grandes para pasearme con un vestido como este. Al salir del cuarto de baño, soy como Godzilla vestido de Gucci, desfilando con paso pesado por la Semana de la Moda de Tokio.

En la sala, Barry se ríe con mi abuela y con Dee Dee. Esperan a ver cómo me queda el vestido. Van a ser testigos privilegiados de mi gran escena de transformación. Esto funciona así, ¿verdad? Tengo un hada madrina, un vestido reluciente, zapatitos de cristal, una entrada para el baile…

Entro en la sala con paso vacilante, y todos los ojos se vuelven hacia mí. Nerviosa, pregunto:

—¿Qué os parece?

—Nos estamos acercando —dice Dee Dee, al tiempo que se separa de la chimenea y entrega su trozo de bizcocho a Barry—. Buenos hombros, terrible postura. Una buena postura es media batalla ganada, Emma. Corrige muchos defectos, convierte la talla B en una talla C… —Dee Dee me encaja los hombros, me mira a la cara y dice, a modo de resumen—: Garbo.

Esto… ¿Perdón?

—Te falta garbo —dice, trazando un círculo a mi alrededor. Me echa los hombros hacia atrás y presiona con una mano la parte central de mi columna vertebral—. Respira, desde el diafragma.

Yo respiro, sin decir nada. Dee Dee actúa con celeridad, ajustando mi postura, levantándome incluso la barbilla con un rápido movimiento de los dedos. Por fin se detiene delante de mí, me mira a los ojos un largo momento y dice:

—Tenemos que verlo en tus ojos.

—¿Quieres que sonría con los ojos?

Con gran nitidez, Dee Dee hace una pose. Es como Wonder Woman sin brazaletes, parece más alta, los hombros parecen más anchos, se sitúa en un espacio angular que me recuerda a la vez a un cuadro de Picasso y a las mantis religiosas.

—Garbo significa estilo más confianza. Quiero verlo ahora.

—El problema es que es… muy rosa —digo por fin.

Entonces Barry se levanta de un salto.

—Querida, ya te he dicho que era muy especial. —Tira de un lazo del lateral del vestido—. ¡Rueda!

Y, como si fuera un tapón descontrolado, así lo hago. Noto cómo se desenrolla el lazo; giro y giro y, de pronto, el vestido rosa se convierte en azul. Ni siquiera sé cómo ha sucedido. La falda se ensancha y se alarga, besándome las rodillas. Ahora la parte superior es más suave, los tirantes de los hombros se han convertido en mangas caídas. ¡Soy Katniss Everdeen, y voy a ser la última chica del baile que se mantenga en pie!

—¡Mírate! —dice mi abuela, llena de admiración.

Nunca voy a ser una chica mona y nunca me va a encantar llevar un vestido. Pero ¿este? Este puedo llevarlo. Este es especial. Es mágico, y las personas que están conmigo también lo son.

Ellos han hecho posible la magia en Edgewater, Indiana, y tal vez una pequeña parte de mí sea mágica también.

14

Llueve en la noche del baile

ALYSSA

Estoy metida en un buen lío. La cuenta atrás para el baile de graduación ha comenzado y yo todavía no se lo he dicho a mi madre.

Todavía me quema la parte posterior de la cabeza después de pasar demasiado tiempo debajo de la secadora de pelo en plan burbuja espacial del salón de belleza Joan's Curl Up'n'Dye. Nunca me habían puesto tanto fijador ni tanta brillantina en el pelo. Cuando acerco la mano para tocármelo, suceden dos cosas consecutivas: primero, cruje un poco bajo mis dedos, y segundo, mi madre me da un cachete en la mano para apartármela.

—He estado viendo muchos vídeos de maquilladoras por internet. Todas hacen esto —le dice Joan mientras me pinta la cara con una capa más de base—. Lo llaman *wake & baking*, «puesta a punto matinal».

Casi me atraganto con el chicle. Ni por todo el dinero del mundo le explicaría a mi madre que esa expresión significa fumar maría nada más levantarse. Si lo hiciera, me obligaría a confesar cómo lo sé yo. La respuesta sería que vivimos en 2019, pero dudo que le gustara demasiado.

Lo que a mí no me gusta es no haber podido tener ni un momento a solas con mi madre en todo el día. Parece que cada vez que tiene un respiro en su interminable agenda de preparativos para el baile haga lo posible por alejarse al máximo de mí. Cuando abro la boca para decir algo importante, el teléfono suena de inmediato.

«Vaya por Dios, ha habido una emergencia con los globos. No, el DJ no puede desviarse ni un milímetro de la *playlist*. ¿Qué significa eso de que no tenemos ni un monitor para darle un puñetazo?»

Echo un vistazo a mi móvil, fuera de mi alcance porque está enchufado en el cargador de Joan. Falta menos de una hora para que empiece el baile y no le he dicho ni una palabra a mi madre sobre mi pareja. Una pareja muy real que, cuando ha conseguido enviarme un mensaje por última vez, estaba siendo medio magreada por Dee Dee Allen tras el descubrimiento de algo que Emma describe como «Bragas de pesadilla diseñadas por una boa constrictor».

A todo esto, mi madre me acecha por encima del hombro, observando cómo su peluquera me pinta como a una puerta mientras ladra órdenes en mensajes de voz a la madre de Shelby. Mira al espejo con una intensidad feroz. Es como si me estuviera tomando las medidas de la cara, una y otra vez. Como si calculara el ángulo de mi peinado y cuantificara la soltura de los rizos que caen sobre mis hombros.

—Mamá —digo—, me gustaría hablar contigo un momento antes de que las cosas se desmadren.

Joan arremete con sus manos inmaculadamente manchadas de espray y me ordena «¡Mira hacia arriba!», antes de atacarme con una nueva capa de rímel.

—Cariño, no tienes que decir nada —dice mi madre, sujetándome la mano antes de que pueda tocarme otra vez el pelo—. Disfruta del momento. No habrá otro día tan especial hasta el día de tu boda.

—Amén —dice Joan, pasando al otro ojo.

Mi madre baja la voz, haciéndose la traviesa.

—Y ese día tendrás que compartirlo con tu suegra.

Por el modo en que Joan se echa a reír, dirías que mi madre es la mujer más graciosa que ha conocido nunca. Tal vez lo fuera antes, pero estoy bastante segura de que hoy Joan ríe para quedar bien. En honor a la mujer que tiene más posibilidades de dejar una buena propina cuando todo esto haya terminado.

—¡Y que lo digas, por Dios! Cuando yo llegué al altar, ¡estuve a punto de decirle a Nathan que eligiera entre ella o yo!

—Parece que no se equivocó en la elección.

—Bueno, aun hoy tengo que soportar a mi suegra y a su horrible ensalada de ambrosía por Navidad, Acción de Gracias, Pascua, el día de la carrera…

Y entonces se ponen a hablar de cuál es el menú más apropiado para la fiesta de las 500 Millas de Indianápolis y sobre cómo las suegras siempre lo estropean todo. Como si yo no existiera. No soy más que la cabeza de muñeca incorpórea que está siendo decorada a menos de un centímetro de su vida.

Noto un nudo en el estómago. Permanezco muy, muy quieta mientras Joan se las arregla para ahumarme el ojo con una paleta de colores pastel, e intento no fruncir el ceño cuando mi madre elige el tono de mi pintura de labios.

—Es importante —le insisto a mi madre, cuando Joan se gira para abrir la caja de herramientas donde guarda los cosméticos. Esto no es una broma. Usa la misma caja de herramientas de plástico amarillo chillón que la mitad de los tíos de la ciudad llevan repiqueteando en la parte trasera de las camionetas.

Mi madre levanta un dedo.

—Un momento; la madre de Shelby no sabe si alguien ha comprado el polvo azucarado.

Porque si lo que quieres organizar es una elegante velada con clase, necesitas un enorme bol de ponche de ginger-ale con un arcoíris de espuma fundida. Para ser justos, se sirve en las bodas, *baby showers* y fiestas de cumpleaños de toda la ciudad. Por la manera en que la gente se pelea por el ponche, pensarías que es una receta que ha ido pasando de generación en generación, cuando la realidad es que fue copiada de una etiqueta de Shweppes en algún momento del siglo pasado.

Y si no la conociera a la perfección, pensaría que mi madre me evita deliberadamente. Cada vez que me decido a reunir las palabras en la mente y el coraje en el corazón, ella vuelve a salir escopeteada. «No seas paranoica —me digo a mí misma—. Actúa del mismo modo con cada evento que organiza para el instituto.»

Recuerdo que el pasado otoño, cuarenta minutos antes de la reunión de exalumnos, mi madre estaba colgando (li-te-ral-men-te colgando) de lo alto de una escalera, recortando los banderines de papel del gimnasio para que tuvieran todos la misma longitud exacta. No se relajará hasta que caiga el último globo y el último trocito de confeti se aposente sobre la pista de baile. Si parece que me esté evitando es porque yo misma he alargado la agonía durante demasiado tiempo.

—¡Ya lo tengo!

Joan saca la cabeza de la caja de herramientas y me pone un plato de plástico en la mano. Con sumo cuidado, selecciona una lentejuela reluciente del contenedor y puntea la parte posterior con una gota de pegamento para pestañas. Una tras otra, Joan adhiere tres pequeñas joyas brillantes a la esquina de mi ojo, y luego se echa atrás.

Mientras admira su manualidad en el espejo, hace un gesto a mi madre para que se acerque. Joan declara:

—Es preciosa.

Y mi madre responde:

—Gracias.

El orgullo maternal le dura medio segundo. Entonces mi madre, con el móvil en la oreja, me pone la percha con el vestido en las manos. Medio susurrando, dice:

—Vamos, ve a cambiarte. Se nos termina el tiempo y quiero hacerte unas fotos.

—Mamá, yo…

—Vamooos, Alyssa —dice. Y a continuación me pellizca el culo, como si yo tuviera seis años y llegáramos tarde a la iglesia. Luego habla al teléfono—: Sí, sigo aquí. ¿Has mirado en el congelador? En la nevera no, en el congelador.

El lavabo del salón de belleza huele a solución permanente y a velas de vainilla. Es un aroma espeso que me hace sentir náuseas, pero me las arreglo para quitarme la ropa de calle y meterme en el vestido, sin excesivos problemas.

Trato de no estirar demasiado fuerte los tirantes del vestido. Por alguna razón, recuerdo que eran bastante más anchos en la tienda. Ahora son apenas unos hilos delgados y enjoyados que, sin duda, no cumplen con el código de vestimenta.

Un oleaje de satén y tul de color lavanda me rodea. La falda entera murmura al moverme. Es perfecta. La talla ideal. El maquillaje encaja a la perfección, aunque es un poco demasiado exagerado para mi gusto. Al intentar girarme en el espacio reducido, me tambaleo y me pregunto si mi peinado explotaría si tocara la pared. Será mejor que no haga la prueba.

Me pregunto qué debe estar haciendo Emma en estos momentos. Cuando anoche la llamé por videollamada, colocó el móvil sobre la cómoda para mantenerse en cuadro. Nerviosa y excitada, la expectación le sonrosaba las mejillas y los ojos relucían como luces de Navidad. No paró de rodar sobre la espalda, luego sobre el estómago, incapaz de quedarse quieta.

Supongo que estará rodeada por su abuela y el señor Glickman y la señorita Allen, soportando una sesión de peluquería y maquillaje, como yo. Ayer me contó que el señor Glickman la había convencido para llevar vestido, pero no quiso enseñármelo. Quería que fuera una sorpresa. Así que, ahora mismo, debe de estar contando los minutos que faltan hasta que la espera termine. Hasta que por fin estemos juntas las dos.

Y casi todo el instituto.

Y mi madre.

Que todavía no lo sabe.

Lo cierto es que lo estoy intentando. ¡Lo estoy intentando de verdad! Mi madre no se detiene ni para respirar, y mucho menos para tener una conversación a solas conmigo. Todo ha pasado tan deprisa desde que el baile se volvió a programar oficialmente que el tiempo se me ha ido de las manos.

Pero no pasa nada. En cuanto me haya vestido y se termine la sesión de fotos, ya solo quedará el trayecto en coche hasta el instituto. Y entonces mi madre no podrá huir de mí. Tengo un plan pensado a medias. Primero, bajaré la radio. No del todo, lo suficiente para que pueda oírme. Pero no tanto como para tener que llenar yo sola todo el silencio.

Entonces le cogeré la mano; a ella le encanta que lo haga. Me parece que eso le recuerda que sigo siendo su niña, aunque ya no sea una niña pequeña. De modo que le daré la mano y empezaré dándole las gracias. Por ser mi madre. Por ser tan divertida. Solía ser divertida, antes de que mi padre se fuera, y sé que podría volverlo a ser. Por participar en todos los momentos importantes de mi vida, por celebrarlos a mi lado.

Por quererme.

Por quererme incondicionalmente.

Y entonces se lo diré. Abriré la boca y…

—¡Alyssa! —me llama mi madre desde el otro lado de la puerta, enfatizando el grito con unos fuertes golpetazos—. ¿Por qué tardas tanto? ¿Necesitas ayuda con la cremallera?

Quisiera echarme a reír, pero me he quedado sin respiración. Por mucho que quiera convencerme de que esto va a salir bien, sé que no será así. La oscuridad se apodera de mí, y me entran ganas de arrancarme el vestido y quitarme el maquillaje. Quiero echar a correr. Pero esto es imposible y es mejor que lo reconozca para poder seguir adelante.

Mi madre no va a sorprenderme agradablemente con su reacción. La conozco. Sé lo que va a pasar.

Por la noche, cuando junto las manos e intento rezar por algo que no sea egoísta, suelo pedir tranquilidad para mi madre. Capacidad de aceptación. O, por lo menos, tolerancia. Ahí sentada, con mi secreto ensordecedor, rezo por una intervención divina, porque sé, por desgracia, que no la he juzgado mal.

Ella camina por el filo de la navaja desde que mi padre se fue. Es algo que creo que le va a estallar en la cara más pronto que tarde… No, no lo creo, más bien lo sé perfectamente.

Aunque todo fuera perfecto, aunque mi padre se hubiera quedado, aunque mi madre fuera todavía ama de casa en vez de estar trabajando en un supermercado a los cuarenta y ocho años, el hecho de que yo fuera lesbiana le seguiría pareciendo mal. Ni siquiera posee el vocabulario necesario para comprender quién soy. En su mundo, en su mente, por un lado están los gais y por el otro las personas normales.

Y eso quiere decir que, si no soy hetero, no soy normal.

Yo no estaba presente cuando los padres de Emma la echaron de casa. Fue un poco antes de que yo entrara en escena. Pero conozco la historia. La he visto tumbada en la cama, en casa de su abuela, con la cabeza sobre mi regazo, tratando de entender lo que sucedió. Intentando descubrir si sus padres la habían querido antes, y de alguna manera ella había destrozado ese amor con su mera existencia… o si, por el contrario, no la habían querido en absoluto. No de verdad. No de una manera incondicional.

El amor de mi madre tiene condiciones. Sé muy bien que el precio de admisión en el hogar de los Greene es la perfección. La perfección normal.

Si mi madre me echa, no tendré adónde ir. Mis abuelos

son tan religiosos como mi madre, tal vez más todavía. Son el tipo de personas que ponen letreros en el jardín, arengas escritas a mano sobre las enfermedades morales que ese día en concreto han salido en las noticias. En junio pasado, pusieron uno que decía: EL ARCOÍRIS ES LA PROMESA DE DIOS, NO LA BANDERA DE SATÁN. Ya podrían tener cuarenta y siete habitaciones en la casa. No habría ninguna para mí, cuando se enteraran.

Y luego está mi padre. Mi padre, que tiró a la basura la vida que compartía conmigo y se alejó de Edgewater lo máximo que pudo. El padre que no llama, que no escribe, que no paga el alquiler de los libros de texto ni las zapatillas deportivas nuevas. Tiene una nueva mujer. Tiene un nuevo hijo. Si llamara a su puerta, ¿qué diría? Apuesto a que sería algo del tipo «Lo siento mucho, creía que había cancelado mi suscripción contigo».

Emma y su abuela van muy justas económicamente, y por mucho que pensara que pudieran acogerme, nunca me atrevería a pedírselo. Es demasiado. Demasiado complicado.

Llamadme egoísta; tal vez lo sea. Pero soy egoísta y tengo miedo a la vez. Me he informado. El cuarenta por ciento de los adolescentes sin hogar son homosexuales. Una cuarta parte de los homosexuales son expulsados de sus casas cuando salen del armario. El verano es muy muy largo antes de que la universidad empiece en otoño. Por lo menos tengo coche. Está a mi nombre. Eso no me lo podrá quitar.

Vaya. Es lo único que he sacado en claro. Tengo un coche en el que puedo vivir cuando mi madre me eche inevitablemente a la calle.

Porque sé, en el fondo de mi corazón, que mi madre no ha suavizado su postura acerca del problema gay del baile de graduación. Cambió de opinión porque no quería que yo me perdiera el baile. Y, en vista del modo cada vez más desesperado en que está aporreando la puerta del lavabo, me lo voy a perder de todas formas.

Con el corazón palpitando con fuerza, me calzo los zapatos que mi madre ha teñido para que hicieran juego con el vestido. Respiro hondo y abro la puerta de par en par. No sé cómo, me veo envuelta en los abrazos de mi madre. Permanezco allí mucho tiempo, no quiero soltarla. Sé lo que pasará a continuación, y quiero que este momento (en que todavía me quiere) se alargue un poco más.

Estos son los brazos que me enseñaron a ir en bicicleta, los que me consolaban cuando tenía pesadillas. Estos son los brazos que me levantaban cuando me caía y me empujaban a hacer las cosas que deseaba, pero no tenía la valentía suficiente para acometer sola. Por última vez, concentro toda mi fuerza en ese abrazo.

Mi madre se separa, secándose los ojos.

—Eres la chica más guapa del mundo.

—Gracias, mamá —digo, conservando a duras penas el control.

—Qué lástima que John Cho no pueda verte así. Mereces tener una pareja esta noche.

Ahora. Tengo que hacerlo ahora antes de que vuelva a perder el coraje. No quiero…, no puedo… Por Dios, el baile está al caer, y todavía lo tengo pendiente. Las palabras saben a ceniza y me obligo a sacarlas.

—Mamá, sobre esto. Tengo que decirte una cosa.

—Ahora no —dice ella, y me agarra por la muñeca, arrastrándome hacia la puerta. Coge mi bolso y me lo pone en la mano. En su voz capto un ligero rastro de irritación, pero el tono es afectuoso—. La primera parte de la sorpresa ha llegado antes de lo previsto.

Por un milisegundo, mi corazón se convence de que se va a abrir la puerta del salón de belleza y Emma estará ahí plantada. Pero la idea se desvanece casi tan pronto como ha aparecido. El aire fresco de la noche me golpea, y juraría que silba contra mi propia piel.

La chica de mis sueños no me espera con un ramo de flores en las manos.

En su lugar, lo que me espera junto al bordillo es una limusina. Un enorme todoterreno, para ser precisos. Shelby y Kaylee asoman la cabeza por la ventana del techo. Suena música a todo volumen, y las dos chicas levantan los brazos y chillan al verme. Llevan ya los ramilletes y tienen toda la pinta de haberse calentado con un trago secreto de licor.

—¡Sube, fracasada, nos vamos al baile!

—Mamá —grito—, esta noche va a suceder una cosa. Tienes que saberlo…

—No lo estropees —dice ella, cogiéndome la cara—. He trabajado duro para que la noche sea perfecta, y yo también quiero disfrutarla. Vas a tener un baile de graduación maravilloso, como una chica normal. Me he asegurado de ello.

—¿Qué quieres decir? —pregunto, pero ya es demasiado tarde. Me empuja hacia la puerta abierta de la limusina. Me envuelve una ola de calor y el hedor de un exceso de colonia combinado con el cuero nuevo. Es como si me hubiera secuestrado Abercrombie & Finch.

La puerta se cierra a mis espaldas y el todoterreno arranca a la máxima velocidad. ¿Qué está pasando? ¿Qué significa esto? Todavía no me he sentado y ya intento mirar por la ventanilla trasera. La última idea coherente que se me ocurre mientras veo a mi madre empequeñecerse en la lejanía es que ni siquiera he tenido ocasión de decirle que la quiero por última vez.

15

En los peldaños del palacio

EMMA

Tal como era de esperar en la noche del baile de graduación, hay flores. Y limusinas. Y fotos.

Dios mío, disparan tantas fotos que solo veo las manchas de leopardo provocadas por los flashes. Ah, y de vez en cuando vislumbro el ramillete de orquídeas, lilas y rosas estilosamente seleccionadas que llevo en las manos. El fuerte aroma se me sube a la cabeza, pero no me importa. Hoy pasa todo tan deprisa que está bien tener ocasión de hacer una pausa y oler literalmente las flores.

Barry está sentado a mi lado en la limusina, muy guapo con su esmoquin (que no cambia de color, ya se lo he preguntado). Junto a Dee Dee, será el carabina mejor vestido de todo el condado. Ella está sentada al lado de la mampara que nos separa del chófer. Le habla tan deprisa que él no tiene tiempo de responder, pero no pasa nada. ¿Es así como flirtea Dee Dee?

Barry, por su parte, parece imbuido esta noche de una silenciosa serenidad, un aspecto que todavía no conocía de él. Aprieto con más fuerza el ramillete y le pregunto:

—¿Nervioso?

—Contemplativo —responde—. ¿Cómo estás tú?

—Como si me hubiera tragado una bolsa de serpientes cabreadas. Pero te voy a hacer sentir orgulloso.

—Querida —dice Barry, volviéndose hacia mí—. No se trata de mí. Se trata de ti, y te prometo que vas a pasar la mejor noche de tu vida.

Ni siquiera consigo responder «Espero que tengas razón». La frase se me queda trabada en la garganta. Las serpientes se retuercen dentro de la bolsa y lo único que emito es un ligero y extraño gemido.

Lleno de bondad, Barry me pregunta:

—¿Qué va a llevar tu pareja?

Intenta distraerme, y yo dejo que lo haga.

—No lo sé. Su madre le compró un vestido, pero yo todavía no lo he visto.

—¿Cómo?, ¿no hubo desfile de modelos?

Pobre, dulce Barry. Hace tanto tiempo que salió del armario que no tiene ni idea de cómo es estar encerrado en él. No puedo siquiera imaginar lo que debe ser pasar un día entero sin tener que controlarme. Sin arriesgarme a mirar demasiado rato en la dirección equivocada, sin medir con cautela todo lo que digo. Me alegro de que él ya lo haya superado, pero eso lo sitúa más lejos de mi alcance.

—Nunca he estado en su casa. Su madre no sabe nada de lo nuestro, ¿recuerdas?

—¿Cuánto tiempo hace que estáis juntas? —dice, negando con la cabeza.

—Un año y medio —respondo—. Y antes pasamos otro año y medio de cuidadoso y torpísimo flirteo. Me enamoré de ella el día que la conocí, pero tardé mucho en dar el primer paso.

—¡Mi niña!

—Esta noche va a salir del armario —digo, y me parece imposible que haya podido soltar estas palabras. Las he retenido muy cerca de mi corazón, lo bastante como para notar una punzada de esperanza, pero demasiado fuerte como para dejarla crecer.

Alyssa lleva mucho tiempo diciendo que va a salir del armario y al final siempre encuentra alguna razón para no hacerlo. Ha dicho que será esta noche y yo la creo. Pero tampoco quería llamar a la mala suerte diciéndolo en voz alta. Es como tentar al destino, pero ahora ya es demasiado tarde para preocuparse por ello.

—Eso es una gran noticia —dice Barry—. ¡De haberlo sabido, habría preparado una tarta!

En vez de reír, me ahogo en un sollozo. Todos los sentimientos que he estado reprimiendo se agolpan a la vez. Después de todo lo sucedido en estas dos últimas semanas me siento como si me hubieran atropellado distintos trenes, una y otra vez. Alegría y miedo y odio y esperanza y…

—Tengo mucho miedo —confieso a Barry.

—Oh, no, cariño, la noche del baile no se llora. Eh. Ven aquí.

Se desliza hacia mí y levanta el brazo. Me cobijo contra su cuerpo y recuerdo todas las veces que me senté así con mi padre… en el pasado. Cuando era pequeña y todavía perfecta a sus ojos. Cuando, en secreto, mirábamos películas de terror. Y cuando la cosa se ponía fea, yo escondía el rostro contra su

147

hombro y él me decía cuándo podía volver a mirar. Dios mío, cuánto echo de menos a mi padre. Pero ¿cómo puedo echar de menos a la persona que me echó de casa?

—Habla con el tío Barry —continúa él—. ¿De qué tienes miedo? ¿De una selección desafortunada de callejones sin salida evolutivos?

Buena frase. Si consigo recordarla, se la robaré. Lo miro desde mi posición y digo:

—Todos me odian. No quieren que esté aquí esta noche.

—Escúchame, mira. —Y espera a que yo mire. Es como si la orquesta estuviera preparada para empezar a tocar, pero él no se decidiera a ponerse a cantar. Me pellizca la mejilla y dice—: ¿Sabes una cosa? Yo no fui a mi baile de graduación porque, como le pasa a tu novia misteriosa, tenía miedo de caminar con mis Buster Browns.

No tengo ni idea de lo que quiere decir, pero asiento.

—En cambio tú eres una reina. Cuando entres esta noche en el gimnasio, ¿sabes lo que verán los que tanto te odian? A la persona más valiente del planeta, fabulosamente vestida de azul.

—O de rosa —señalo, intentando quitar hierro al asunto—. O de verde. No hay duda de que es un auténtico diseño de Gregg Barnes.

—Puedes apostar a que sí, Emma, querida. Tienes miedo. Muy bien. Tienes derecho a tenerlo. Por dentro. Por fuera, sé la dulce lesbiana que estás destinada a ser. La vida no es un ensayo general. ¿Tienes miedo de que te miren? Yo digo: «¡Muy bien! ¡Miradme! ¡Empapaos bien!».

—No estoy segura…

Barry me pone un dedo sobre los labios.

—Chitón. Esto es lo que querías. Has luchado por ello. Vas a entrar ahí y vas a dejar claro que esta noche te pertenece. Esta escuela te pertenece.

Estoy a punto de negar con la cabeza, pero entonces caigo en la cuenta. Barry tiene razón. He luchado hasta el final. He ganado la batalla. Podría haberme retirado. Quise hacerlo muchas veces. Habría sido más fácil. Apartar la mirada es doloroso, pero fácil a la vez. Absorber el daño en vez de rebelarse contra él. Doloroso, pero fácil.

A día de hoy, todo el mundo en James Madison High conoce mi nombre. Conocen mi poder. Broadway ha acudido literalmente a Indiana para ponerse de mi lado. No estoy sola. Y voy a pasar la mejor noche de toda mi vida.

—Tienes razón —digo por fin.

Barry se abanica con una mano.

—Mis palabras favoritas.

Apenas tengo tiempo para reírme antes de que la limusina se detenga. Mis serpientes se convierten en mariposas: grandes y bellas mariposas que aletean y desafían la gravedad. Barry me detiene cuando me dispongo a abrir la puerta.

—Oh, mi niña, tienes mucho que aprender.

Entonces esperamos a que el chófer nos abra la puerta, y Dee Dee le toma la mano y se desliza hacia el exterior. Va ataviada de pies a cabeza con un vestido de leopardo, y creo que acabo de oírla maullar.

El chófer la suelta y busca mi mano. Tomo la suya y me lanzo a la acera con la máxima elegancia que soy capaz de reunir. Una ráfaga de viento me levanta la falda, y yo la agarro, presa del pánico.

Detrás de mí, Barry… Bueno, Barry desciende provocativamente de la limusina. No hay otra palabra que lo describa mejor. En un instante, se ha convertido en una diva y es un poco desconcertante. Se ha comportado durante tanto tiempo como un hada madrina que no se me había ocurrido que pudiera flirtear con nadie. En serio. Después de lanzar una mirada de exagerada admiración al chófer, dice con una voz de barítono de nueva adquisición:

—Gracias, querido.

—No hay de qué, señor —responde el chófer, ¡y le devuelve la mirada! Observa la expresión de Barry, y luego… la faja de Barry. ¡No ha sido una alucinación, le ha dado un buen repaso a Barry! ¡Los gais florecen en Indiana!

Estoy bastante segura de haber oído a Dee Dee llamando «zorra» a Barry.

A cambio, él murmura alegremente:

—Bruja.

Tal vez mañana, después del baile, les preguntaré a Barry y a Dee Dee si son realmente tan amigos. Pero eso será mañana, porque ahora mismo estoy maravillada. Los globos se mecen desde las farolas, y las luces que nos inundan desde la puerta del instituto parecen hechizadas. Hay un resplandor en el aire; las nubes están bajas y reflejan el brillo dorado de la superficie. El cielo parece de seda y ondea en elegantes espirales por encima de nuestras cabezas. El aire es fresco y vigorizante. Es como un beso robado en la oscuridad, y con este vestido lo noto por todo mi cuerpo.

Un potente sonido de bajo atraviesa las paredes de bloques de cemento, reverberando hasta donde nos encontramos. No reconozco la canción, pero me da igual. Es la noche del baile de graduación. Por fin ha llegado.

—¿Me permites? —pregunta Barry, ofreciéndome el brazo.

—Con mucho gusto —acepto.

Subimos juntos los peldaños del instituto, y Dee Dee nos adelanta con facilidad. Las puertas se abren. Es un lugar en el que entro todos los días, pero esta noche es diferente. Lo encuentro más brillante, más emocionante... y extrañamente vacío. Lo más probable es que todo el mundo esté ya en el gimnasio. Se supone que debemos permanecer en el gimnasio durante los bailes, está prohibido vagar por los pasillos.

Parece ser que, hace unos años, un tipo llamado Winston McCarthy descubrió los túneles de acceso subterráneos del edificio y organizó un casino extremadamente lucrativo (según tengo entendido). Aguantó tres semestres enteros hasta que lo descubrieron. Legendario. Es una lástima que no luzca su propio trofeo en el Salón de los Campeones. Pero, en cambio, sigue vivo en la tradición oral, como debe ser en el caso de los héroes populares.

—¿Dónde encontraremos a tu *inamorata*? —pregunta Barry.

—Ahí dentro —respondo. Estoy estrangulando el ramillete. Tengo miedo de que se me caigan las flores si no las agarro bien. Estoy a punto de verle la cara; estamos a punto de mostrar al mundo que estamos enamoradas. Esta noche, todo va a cambiar. Cada paso hacia el gimnasio representa un paso hacia nuestro destino.

Estamos a punto de abrir las puertas del gimnasio cuando oigo al director Hawkins gritar a nuestras espaldas:

—¡Emma! ¡Espera!

Corre por el vestíbulo hacia nosotros.

Nos giramos y escucho horrorizada (y complacida a la vez) cómo Barry le lanza un silbido de admiración. Al fin y al cabo, el director Hawkins tiene un aspecto realmente distinguido con su esmoquin, tanto que, si me gustaran los tíos mayores, tal vez yo misma le habría silbado. Pero prefiero esbozar una sonrisa y llamarlo desde lejos:

—¡Director Hawkins!

Pero… él no sonríe.

Y no está solo. Mi abuela corretea a su lado con el paso acelerado que normalmente reserva para las rebajas del Black Friday. La expresión sombría de su cara me inunda de terror. Aprieto el brazo de Barry un poco más.

—¿Qué pasa?

—He intentado localizarte antes de que salieras de casa —dice el director Hawkins al alcanzarnos. No es que se haya quedado sin aliento; simplemente parece descompuesto—. Emma, lo siento mucho.

Alyssa no va a venir. Por supuesto, ha sido lo suficientemente responsable para dejar un mensaje a una figura de autoridad de confianza. Y, por supuesto, no se ha atrevido a decírmelo ella misma. Todas las mariposas que aleteaban en mi interior se convierten en ceniza. Estoy compuesta y sin novia.

La voz de Dee Dee explota detrás de nosotros, inundando el aire:

—¡¿Qué han hecho?!

Barry y yo nos giramos al mismo tiempo. Dee Dee se adelanta a mi abuela para poder llegar antes a mi lado. Me agarra por los hombros y me arrastra hacia su pecho. Sus golpecitos tranquilizadores son como cuchilladas de *ninja* que me atraviesan la espalda. Su voz quejumbrosa resuena por el vestíbulo.

—¿Cómo han podido? ¿Cómo se han atrevido?

Me libero del abrazo y me los quedo mirando a todos.

—¿Cómo han podido qué?

Dee Dee duda lo que dura un parpadeo.

Antes he mencionado que no soy especialmente atlética, pero cuando el mundo se detiene, resulta que me muevo con bastante rapidez.

Dejó atrás a Dee Dee y echo a correr hacia el gimnasio. Lunas brillantes y estrellas de aluminio decoran el techo, así como serpentinas de color añil y luces blancas parpadeantes. Hay una mesa con ponche y galletas, y un fotomatón con una caja llena de accesorios como sombreros de copa y boas.

Del escenario cuelgan las serpentinas plateadas, pero el DJ no es un DJ. Es un iPod enchufado a un receptor de Bluetooth, que reproduce una *playlist* personal. La pista está vacía. Los asientos están vacíos. El gimnasio está vacío.

Nunca en mi vida había deseado tanto desmayarme como en este momento. Pero al parecer no soy de esa clase de chicas. Soy la chica que se mantiene en pie, por muy fuerte que la golpeen. Amortiguo los golpes. Encajo los puñetazos. Las flores resbalan de mi mano, y caen sobre el suelo de madera con un suspiro quejumbroso.

Los adultos se agolpan a mi espalda. Oigo sus voces; noto su presencia. Pero no me importa lo que digan. Había imaginado el peor escenario posible: que Alyssa no se presentara. Incluso me había preparado mentalmente para ello.

Pero esto.

¿Quién hubiera imaginado algo como esto?

—Han empezado a aparecer fotos en las redes sociales hará una media hora —dice el director Hawkins desde muy, muy lejos—. Y entonces he recibido un mensaje de la Asociación de Padres. Dicen que han actuado con la diligencia debida. Que han organizado un baile inclusivo para Emma. Que no es culpa suya que sus hijos hayan decidido asistir a un baile privado en el Elks Club en lugar de asistir a este.

Dice que el mensaje era de la Asociación de Padres. Pero la Asociación de Padres no puede enviar mensajes; es una organización como el Klan o los Kardashian. No. El mensaje lo ha enviado la señora Greene, y eso significa que ella lo ha tramado todo. Lo ha planeado. Lo ha ejecutado como un capo mafioso.

Pero no lo entiendo, porque tengo muchos mensajes de Alyssa. Lleva todo el día mandándome mensajes. Hablando de la loca de su madre, de la locura de última hora, de la locura de todo esto. Mensajes que cesaron... hace aproximadamente una hora.

Lo han planeado todo. La señora Greene lo ha planeado. ¡Shelby y Kaylee y Nick y Kevin y todos los demás de la escuela han planeado esto!

Destrozado, Barry dice:

—Creo que me voy a echar a llorar. ¿Han actuado a traición? ¿Toda la ciudad le ha ocultado esto?

—¿Cómo han podido hacernos algo así? —aúlla Dee Dee—. ¡Tenía que ser una publicidad fácil! ¡Dios mío, que alguien me despierte de esta pesadilla!

Mi abuela se queda mirando a Dee Dee.

—Disculpe. ¿Una publicidad fácil?

El director Hawkins también se vuelve hacia ella.

—Un momento. ¿Es esta la razón por la que han venido? ¿Por la publicidad?

Miro a Barry. Barry con su esmoquin. Barry, que me trajo unos vestidos que ni siquiera quería. El tío Barry, Barry, el que jura saber de qué va la cosa. El compasivo y zalamero Barry.

Como anestesiada, digo:

—¿Para ti soy solo un truco publicitario?

—Esto es lo que vamos a hacer —dice Barry, ignorando mi pregunta. Tiene la cara roja, y la frente le empieza a brillar—. Vamos a meternos en la limusina, vamos a ir a ese otro baile, y vamos a…

—¡Basta! ¡Ya basta!

Grito por encima de la música del iPod, por encima del sonido de los egos de Barry y de Dee Dee. En ningún momento se ha tratado de mí. Para ellos lo más importante nunca he sido yo. El director Hawkins se alegró de que al menos no tomara metanfetamina. Mi abuela combatió porque yo se lo pedí; nunca le pregunté si le parecía bien intentarlo. Y Alyssa… no. Ahora mismo ni siquiera puedo pronunciar su nombre.

Barry extiende el brazo.

—Emma…

Rechazo la mano que me ofrece.

—No quiero vuestra ayuda, ¿de acuerdo? Adelante, vaya usted al otro baile, Mr. Pecker. ¡Estoy segura de que no tendrá problemas para entrar!

Y dicho esto, me alejo caminando. Ni siquiera intento

correr. Avanzo con mis grandes huesos de dinosaurio, mis pies monstruosos, metida en este monstruoso vestido que nunca me quise poner, alejándome de James Madison High.

Tal vez para siempre.

16

Los chicos más majos de la ciudad

ALYSSA

—¿Dónde estamos? —pregunto cuando la limusina se detiene.

Lo pregunto porque esto no es James Madison y, por lo tanto, no puede ser el baile de graduación. La cabeza me da vueltas sin parar, intentando comprender lo que está pasando.

Mi madre ha dicho algo de una sorpresa. Tener que compartir trayecto con unas personas que dejaron de ser mis amigas en tercero ya me parecía suficiente sorpresa. Pero no, de pronto estamos en paradero desconocido.

Nadie contesta. En lugar de hablar conmigo, Kaylee levanta el teléfono móvil y junta las mejillas con Shelby. Hacen el signo de la paz, intentan ponerse lo más guapas posible antes de que se dispare el flash, y luego Kaylee amplía inmediatamente la instantánea. La Kaylee del presente sonríe a la Kaylee digital de hace dos segundos.

—No quiero parecer una creída —dice de manera hipócrita—, pero hasta yo misma me lo montaría conmigo.

—Yo también me lo montaría contigo —interviene Shelby. Pero se corrige de inmediato—. Pero sin mariconadas.

No os sorprenderá saber que Nick y Kevin muestran su aprobación con toda clase de gestos obscenos ante la propuesta de unas chicas que hasta hace dos segundos parecían residentes permanentes de sus regazos.

Los tíos bajan a toda prisa de la limusina y dejan que nos las apañemos solas. Al bajar a la acera, se hace patente que la luz que nos ilumina es el letrero de neón del Elks Club.

A nuestro alrededor, un torrente de gente avanza hacia las puertas. Cada vez que se abren, un estallido de música escapa del local. Por todas partes suenan risas y chillidos de excitación acompañados del chasquido brillante de los móviles enganchados a palos de móvil.

Alargo la mano y retengo a Kaylee sobre la acera.

—Hablo en serio. ¿Qué está pasando?

—Mira —dice ella, y su voz es una caldera de puro desprecio no adulterado—, date cuenta de que te estamos haciendo un favor y danos las gracias, Alyssa.

—Está muy bien eso de no querer ser popular, pero te estamos salvando de ti misma —añade Shelby, mientras sus pendientes se balancean como péndulos. Atraen a la luz: brillantes, luego oscuros, casi hipnóticos.

Kaylee se inclina sobre mí y susurra:

—Sabemos lo tuyo con Emma.

Sus palabras me atraviesan, me extraen el oxígeno de los pulmones.

—No intentes ser un mesías —añade Shelby.

Boquiabierta, me oigo a mí misma corrigiéndola en vez de procesar lo que acaban de decir.

—Quieres decir un paria.

Alegremente, Shelby enlaza su brazo con el de Kaylee y se encoge de hombros.

—Como se diga. Es el baile de graduación. Es nuestra noche. ¡Vamos a divertirnos!

—No, esperad —digo bruscamente, reteniéndolas con la mano—. ¿Cómo lo habéis sabido?

Kaylee pone los ojos en blanco. Sus largas pestañas, que recuerdan las patas de una araña, aletean cuando sacude la cabeza.

—¿Anna Kendrick y John Cho? ¿Dos misteriosas parejas de otras escuelas, una para la lesbiana del pueblo y la otra para esa presidenta del consejo estudiantil que se cree muy discreta al darle la mano en público? Venga, por favor.

—Además, siempre la estás defendiendo —señala Shelby, como de pasada—. Y dejas que esos frikis de Nueva York asistan a nuestras reuniones. Es bastante evidente.

—¿Por qué no dijisteis nada? —pregunto. Me siento débil y estoy ligeramente mareada.

Molesta, Kaylee elige con cuidado las palabras y las pronuncia muy despacio.

—Porque no queríamos que tu madre cancelara el baile, boba.

—¡Eso es, el baile! —dice Shelby, alzando al cielo una mano victoriosa—. ¡Vamos, que ya empieza!

Envuelta en una neblina que me anestesia, dejo que Kaylee y Shelby me empujen hacia el interior. Durante todo el tiempo que llevo con Emma, he ido con cuidado, hemos ido con mucho cuidado. Kaylee y Shelby no son idiotas, pero también son las personas más egocéntricas que conozco. ¿Y ellas se han en-

159

terado? Mi corazón se escurre entre latido y latido, y me pitan los oídos al entrar.

Los colores rojo y dorado lo cubren todo. Lámparas de genio de cartón cuelgan del techo. Grandes bucles de gasa roja rodean las mesas. Hay pequeños camellos de papel esparcidos sobre la mesa de los refrescos. Pastan en medio de las tazas de plástico doradas y los platos de papel rojos, junto a un enorme cuenco de plástico lleno de ponche de color rubí. Hasta la pasarela fotográfica es una tienda vagamente oriental con un letrero encima en el que se lee: LAS MIL Y UNA NOCHES.

Estoy abochornada, sobre todo al ver que algunos de los jugadores del equipo de baloncesto llevan turbantes. Esto no es el baile que llevamos planeando desde Navidad. Esto es una monstruosidad racista, sacada de un universo alternativo.

Y no veo a Emma por ninguna parte. Me dispongo a sacar el móvil y me doy cuenta de que no lo tengo. Me lo he dejado en el cargador de Joan, en el salón de belleza. Kaylee y Shelby han desaparecido en cuanto hemos llegado a la puerta, de modo que tendré que buscar yo sola a Emma.

Esto parece la casa de la risa, las luces rojas palpitan sobre rostros conocidos, distorsionados por las sombras. Las risas son demasiado fuertes, y vibran en una frecuencia que me baja directamente por la columna vertebral. Nadie me toca, pero tengo la sensación de que me empujan y tiran de mí, mientras yo me revuelvo entre la niebla producida por la máquina de humo y las cuchilladas afiladas de las luces que centellean en el suelo.

Busco por todas partes: por la pista de baile, en los lavabos, incluso en la cocina, donde las madres de la AP se dedican a echar toneladas de polvo azucarado a un bol de ponche de reserva a una velocidad de vértigo.

Jadeante y presa del pánico, vuelvo a la sala principal. Apoyo la espalda contra la pared y miro con atención, oteando una y otra vez entre la multitud, con la esperanza de ver una cara, esa cara.

No entiendo nada. Ayer, a esta hora, todavía estaba ayudando a preparar el gimnasio para nuestra Noche para Recordar. Mi madre no mencionó nada de un cambio de ubicación; estaba mucho más interesada en conseguir manteles impermeables y autorizar la *playlist* del DJ. No pillo cuándo puede haberse producido el cambio.

Aunque parezca imposible, por encima del rugido de la multitud, oigo la voz de mi madre detrás de mí. Debe de haber entrado por la puerta lateral, directamente hasta la cocina. Cuando me giro para volver a entrar, ella ocupa la puerta. Lo peor, lo más desolador, es que parece feliz. Feliz de verdad, como no la había visto desde que mi padre se fue.

—¿Qué te parece? —pregunta, señalando con la mano las Noches Árabes que nos rodean.

—Me parece que estoy desconcertada, madre —digo—. ¿Por qué habéis trasladado el baile? ¿Cuándo lo habéis trasladado?

—En el último minuto. Hubo un problema que había que resolver.

Bueno, no me extraña que lleve todo el día hablando por teléfono. No me atrevo a preguntar cuándo empezó a planear el cambio, y cómo es que todo el mundo lo sabía menos yo. ¿Ha sido esta mañana? ¿Anoche? De pronto, noto como si un charco de plomo se fundiera a mis pies y tirara de mí hacia el suelo. Me siento tan pesada que podría atravesar el suelo. ¿Acaso lo decidió la noche de la reunión? ¿Cuando yo tensé la cuerda? ¿Porque yo tensé la cuerda?

Un momento.

Vuelvo a mirar a mi alrededor, y una aguja de hielo me atraviesa el corazón. Un sitio nuevo, una ubicación secreta, un problema que había que resolver. Respirar es una agonía, pero tengo que hacerlo. Tengo que abrir la boca, y tengo que preguntar.

—Mamá, ¿dónde está Emma Nolan?

Mi madre se ríe con ligereza, sin asomo de dureza.

—Estoy segura de que estará en su baile inclusivo, Alyssa.

—Mamá, no habrás…

—No me gusta que unos forasteros se atrevan a venir a nuestra comunidad y a decirnos cómo tenemos que vivir. ¿Nuestras reglas eran un problema? Perfecto, mi especialidad es resolver pequeños problemas. Y ahora todo el mundo está contento. Ella tiene su baile y nosotros tenemos el nuestro.

Aturdida, no sé qué decir. No tenía ni idea de que mi madre pudiera ser tan cruel.

Alisándome los brazos con sus manos, mi madre vuelve a mirarme, y su sonrisa se ensancha de tal manera que parece una loca.

—No iba a permitir que te perdieras una noche como esta, Alyssa. Esto es para ti. Lo he hecho todo para ti.

—Pero no es…

Me interrumpe.

—Ahora ve a divertirte. Yo me aseguraré de que todo sea perfecto.

Me alejo de ella, porque no quiero saber nada de esta mujer. Esta persona calculadora y manipuladora que se ha disfrazado de mi madre me resulta repulsiva. Recién salida de *Juego de Tronos*, ha ido a parar a *Juego de Bailes*. Y ha vencido.

Debo alejarme de Elena Lannister Greene. Hablo en serio. Si la miro durante un segundo más, me voy a poner a vomitar.

Al girarme, me veo envuelta entre la multitud que llena la pista de baile. Como no puedo retroceder, intento abrirme paso entre un mar de personas que se lo están pasando en grande. Los cuerpos chocan a mi alrededor. La música, las voces, llenan mi cabeza y retumban en mis tímpanos. Todo da vueltas y se funde como si fuera una pesadilla; desearía poder despertar. Ni siquiera sé adónde voy, lo único que quiero es alejarme, alejarme de aquí.

Kaylee me agarra por el brazo y me hace volver de golpe al presente.

—Vamos a hacernos una foto juntas.

—No. No puedo. Tengo que irme…

—Formas parte del tribunal del baile, Alyssa. No estropees las cosas.

Es evidente que mi madre lo ha organizado todo a la perfección. No puedo irme. No puedo pedir ayuda. Ni siquiera puedo advertir a Emma. Las ganas de vomitar reaparecen. Me tapo la boca con la mano, por si acaso, y Kaylee lo aprovecha para arrastrarme hacia la pasarela. El fotógrafo me coloca en medio, con una pareja a cada lado.

Les dice que sonrían, que sonrían con más fuerza, y una lágrima solitaria recorre mi mejilla.

17

Apártate del sol

EMMA

Lo bueno de que tu vida entera se colapse es que la gente deja de cuestionar tus malas elecciones. Hace dos días que llevo el mismo pijama, y me alimento a base de una estricta dieta de helado fundido y galletas de chocolate con forma de ositos.

Hoy se suponía que iba a volver al instituto por primera vez desde...; bueno, ya lo sabéis. Pero cuando mi abuela ha venido a verme esta mañana, ni siquiera me he movido de mi perfecta posición en la cama.

—No voy a ir —he dicho.

Ella ha cerrado silenciosamente la puerta, sin decir nada.

Sé que Barry y Dee Dee han venido a verme. Es imposible no escuchar esas voces que-llegan-hasta-la-última-fila-del-teatro. Afortunadamente, mi abuela los ha echado sin contemplaciones. Así me ha ahorrado la molestia de salir de la cama y buscar objetos contundentes para lanzarles.

Cuando llegué a casa la noche del baile de graduación, subí un vídeo de un minuto en Emma Canta porque sabía que la gente me preguntaría cómo había ido. Luego llamé a Alyssa cuatro mil veces y dejé cuatro mil mensajes de voz, y mientras tanto busqué en Google a Dee Dee Allen y Barry Glickman. ¡Adivinad lo que descubrí!

No, no lo adivinéis. Ya os lo cuento yo.

Justo antes de que se presentaran en Indiana, su nuevo musical había fracasado. Había fracasado mucho. Había fracasado tanto que hasta a la gente de Nueva Jersey le pareció detestable. No sé cuánto puede llegar a mantenerse un musical en Broadway, pero supongo que tener que cerrar después de una sola noche no es una buena noticia.

Así que sus carreras corrían el riesgo de irse a pique y me eligieron a mí como chica del póster para su gira de limpieza de imagen. Concedieron incluso entrevistas sobre el tema e hicieron una sesión de fotos con las pancartas de protesta antes incluso de salir hacia Indiana.

En cierto modo, no me sorprende que Dee Dee quisiera utilizarme. Sinceramente, no me extrañaría que comiera cachorros de foca para desayunar y los lavara antes con agua fundida de la capa de hielo ártica (¡eso sí que es tener garbo!), pero la traición de Barry me toca la fibra.

No puedo creer que fuera tan estúpida como para confiar en él tan fácilmente. No puedo creer que no me diera cuenta de que nada de lo que hacían era por mí. ¿Cómo pude ser tan ingenua?

Por cierto, ¿acaso Alyssa me devolvió las llamadas? Me alegro de que me hagas esta pregunta, amigo. No, no lo hizo. En cambio, hay fotos donde sale encantada de la vida formando parte del tribunal del baile junto a Kaylee y Shelby. Y todas llevaban tiaras, ¿no os parecen encantadoras?

Como soy un poco masoquista, he dedicado un buen rato

166

a visionar el tag #jmgrad19. El verdadero baile parece que fue un exitazo, en uno de esos clubes con cordón de terciopelo y una lista de invitados muy selecta. Foto tras foto, estudié todos los detalles. Memoricé las caras. Hice un inventario mental con una pequeña y pulcra etiqueta en lo alto: enemigos.

Y, foto tras foto, busqué aquellas en las que apareciera Alyssa. Solo encontré un par de ellas en las que salía con la odiosa pareja. ¡Pero había una adorable foto mamá-hija tomada en la pasarela!

Al parecer, la señora Greene venía de presentarse a una prueba para el papel de Joker, con los labios convertidos en un tajo de pintalabios escarlata y una boca que lucía cien dientes blancos. La sonrisa de Alyssa era más incómoda, pero ahí estaba.

Sí. Todavía le quedaban ánimos para sonreír. En el peor momento, sin duda, de mi paso por el instituto, mi novia sonreía al fotógrafo oficial del verdadero baile de graduación para gente de verdad de James Madison High.

Me torturé pensando en esto durante un rato, haciendo capturas de pantalla de las fotos y ordenándolas en su propio álbum. Adelante y atrás, mirando solo a Alyssa. Analizando su rostro. Bueno, llevo años estudiándolo y sé que no se lo estaba pasando en grande. Pero también sé que estaba *en el baile secreto de cuya existencia no me avisó*.

Al cabo de un rato desconecté el móvil y lo tiré a la pila de la ropa sucia en un rincón de la habitación. Y ahí se ha quedado. Esa es la razón de que ahora mi abuela sea mi despertador y que reine el silencio en mi habitación. Está bien. Me permite dormir. El sueño y yo somos viejos amigos; una chica en crecimiento necesita dieciocho horas o más al día de inconsciencia, ¿no es así? Dadme oscuridad sin sueños; como Rip Van Winkle, pasaré así la graduación y las vacaciones de verano.

Pero, claro, he dormido tanto estos dos últimos días que me duele bastante la espalda y no me siento nada cansada. En cambio, todas las neuronas de mi cerebro han tomado una buena dosis de cafeína y mi mente ha cambiado de marcha: de punto muerto a máxima velocidad.

Acelera con todas las cosas que he intentado no tener en cuenta; por ejemplo, qué problema debo tener para que me pasen estas cosas. ¿Acaso fui una asesina en serie en una vida anterior y por eso la de ahora es una mierda? ¿Acaso estoy expiando unos errores metafísicos? ¿O simplemente me han lanzado una maldición de por vida? Tal vez comí rábanos y coles de bruja cuando era pequeña.

Menuda tontería.

Bajo rodando de la cama y me pongo en pie. Si voy a odiarme a mí misma, a mi vida y a todos los que la protagonizan, voy a necesitar más helado. Me echo una bata por encima del pijama e ignoro a propósito el espejo. En efecto, tengo la sensación de que el pelo me sale disparado por un lado y es totalmente plano por el otro. No necesito confirmación visual.

Me pican las palmas de las manos al pasar junto al montón de ropa donde tiré el móvil. Mi cerebro me ordena que siga caminando, no en vano el turrón de chocolate me espera en la cocina. Pero mi estúpido corazón quiere ver si Alyssa llegó a responder. Me quedo mirando un segundo el montón de ropa, debatiendo qué debo hacer, pero ya sé lo que voy a hacer.

Hundo la mano en el revoltijo de vaqueros del revés y pesco el teléfono; soy como un oso en un arroyo lleno de salmones. Lo consigo al primer intento. Las náuseas recorren mi cuerpo mientras espero a que mi teléfono vuelva a la vida.

Cuando por fin se enciende, emite un alegre ruidito de mensaje de texto, y luego estalla. Las notificaciones se suceden como si esto fuera la nueva película de *Star Wars*. YouTube también me ha enviado un montón de notificaciones. Ah, y ocho mensajes de voz.

Antes de que pueda comenzar la inmersión, suena el teléfono. Lanzo un aullido de sorpresa y estoy a punto de tirarlo a la otra punta de la habitación. Un nombre se ilumina en la pantalla. Alyssa. El solo hecho de ver su nombre es como un puñetazo en la barriga y sospeso la posibilidad de rechazar la llamada. Pero mi estúpido pulgar toca el icono verde y contesto:

—¿Diga?

—Emma —dice Alyssa. Tiene la voz ronca; como si hubiera estado llorando—. ¿Estás ahí?

Me hundo en la pila de ropa sucia y hago un esfuerzo para hablar. Por fin lo consigo:

—Sí, soy yo.

—Oh, Dios mío, ¿estás bien?

Me echo a reír. En serio, me echo a reír. ¿Va en serio esta pregunta?

—Sí, estoy perfectamente. Fantásticamente bien. Claro, mi novia fue a un baile secreto con personas a las que jura no soportar y me dejó tirada en una Ciudad Fantasma para Recordar, pero no pasa nada. Todo va bien. Estoy muy bien.

—Lo siento mucho, Emma —trina Alyssa—. Te juro que no tenía ni idea.

Ah, muy bien. La ira acaba de llegar a la fiesta. Me encanta la ira. Es agradable, limpia y específica.

—¿Cómo podías no saberlo? ¡Tu madre era la organizadora; tú pertenecías al comité del baile!

Entre sollozos, Alyssa contesta:

—Me lo ocultaron. Y entonces Kaylee y Shelby soltaron la bomba. Se enteraron de que estábamos juntas y querían asegurarse de que el baile se iba a celebrar. La Asociación de Padres hizo todos los planes a mis espaldas.

—No me lo creo.

El shock crepita en la línea telefónica.

—¿De veras me crees capaz de hacerte una cosa así?

—No creo nada —grito—. Es lo que pasó. Vi las fotos. Bonita tiara, por cierto.

Alyssa se defiende, pero parece molesta.

—¿Qué puedo hacer para demostrártelo? Porque no lo sabía. Mi madre se pasó toda la noche acosándome. No llevaba el teléfono encima y tampoco podía escabullirme. Lo siento muchísimo, Emma, pero yo no sabía que iban a hacerte esto. Llevo dos días temblando y llorando.

—Pues ya somos dos.

—Por favor, Emma. Por favor.

—Muy bien —digo, porque esto es muy doloroso. Siento una especie de hacha sobre el pecho que me parte en dos. Oyendo llorar a Alyssa, me entran ganas de consolarla. Pero, consciente de por qué llora, me entran ganas de gritar—. Ven a verme. Dímelo a la cara, mirándome a los ojos.

—No puedo.

Tiene gracia. Le pido una sola cosa y me dice que no. Golpeo la pared con la cabeza y pregunto:

—¿No puedes o no quieres?

Alyssa baja la voz y responde:

—Mi madre está aquí. Creo que lo sabe y está haciendo lo posible para no saberlo. Me vigila a cada segundo.

Todo lo que está diciendo es un bofetón en la cara. Tantas peleas, tantos meses de negociaciones sobre el baile de graduación, decidiendo si íbamos a ir juntas, si se lo íbamos a decir a la gente, y… ¿y ahora cree que su madre ya lo sabe? No puedo ocultar mi frustración. Si no los tuviera tan grasientos, me tiraría de los pelos.

—Dios mío, Alyssa, si crees que lo sabe, ¡díselo! ¡Dile que estamos enamoradas! Este era el plan, ¿no?

—No puedo —dice, con una vocecita quejumbrosa—. Ya es suficientemente grave que Kaylee y Shelby lo sepan.

Oh. Vaya. La ira se ha puesto al rojo. Tan al rojo que casi no la noto. Tengo tanta rabia acumulada que podría atravesar la atmósfera de un puñetazo. Podría hervir los océanos y calcinar la tierra.

Lleva meses utilizando a su madre como razón para no salir del armario, y de pronto me doy cuenta de que no es una razón. Es una excusa. Sí, es evidente que su madre es una intolerante y una homofóbica, pero parece que Alyssa también lleva algo de eso en la sangre.

Lentamente, repito:

—¿Suficientemente grave?

—No era eso lo que quería decir.

—Y, sin embargo, es eso lo que has dicho —le respondo.

—Emma, lo siento.

¿De qué se está disculpando, exactamente? ¿De haber usado las palabras equivocadas? ¿O de lo que realmente siente por lo nuestro? Da igual. Me he quedado sin ancho de banda. No puedo fingir alegría, pero la amargura funciona.

—Muy bien, genial. Eso lo arregla todo. ¡Gracias por llamar!

Y entonces cuelgo. Cuelgo a Alyssa Greene, la chica del picnic de la iglesia, mi primer amor, mi primer beso, mi primer todo. Eso es cierto a muchos niveles, porque ella fue también mi primer secreto verdadero. Fue la mentira más larga que he contado nunca. Yo quería que fuera feliz; no quería que lo perdiera todo como me había pasado a mí.

Estamos a punto de ir a la universidad. Ella está a punto de librarse de su madre y de las neurosis de su madre, y yo pensé, y esta vez lo pensaba de verdad, que saldría del armario y estaríamos juntas de una vez por todas, sin tener que escondernos más.

Pero durante todo este tiempo yo pensaba que su madre era la único que la echaba para atrás. Su familia. Lo pensaba de verdad, hasta hace quince segundos, cuando ella ha dicho que ya era suficientemente grave que Kaylee y Shelby lo supieran.

Ahora Alyssa Greene se ha convertido en mi primer desengaño amoroso y creo que me voy a morir.

18

Quinientos veinticinco mil seiscientos minutos

ALYSSA

He mirado mil veces el vídeo que Emma subió la noche del baile.

«Así es como ha ido —dice Emma a la cámara, pasándose los dedos por el pelo. Todavía quedan rastros de maquillaje en su cara, pero ya se ha cambiado y se ha puesto una camiseta. En concreto, una camiseta en la que se lee: CONTEMPLAD EL CAMPO EN EL QUE CULTIVO MIS P*LVOS, MIRADLO BIEN Y COMPROBAD QUE ESTÁ YERMO.»

Ajustando la pantalla del portátil, baja la mirada hacia el resplandor.

«La verdad es que no ha ido de ninguna manera. Bueno, sí, el gimnasio estaba decorado y sonaba la música, pero yo era la única asistente. Resulta que yo era la única persona que quería ir a un baile inclusivo. Todos los demás, incluida… (bueno, digamos simplemente todos los demás), han ido al baile secreto, no inclusivo. ¡Pero, oye, por lo menos he podido hacer estas fotos tan chulas para mi historia de Instagram!»

Y lo que sigue es un breve y horrible desfile de imágenes sobre un fondo musical consistente en la triste canción del ángel del anuncio de perros: fotos del gimnasio vacío. Las sillas y las mesas, vacías. El escenario, vacío. Artículos para fiestas y cuencos de ponche intactos. La pantalla se funde en negro y unas letras brillantes la atraviesan: ¡FELIZ BAILE DE GRADUACIÓN!

Es corto y Emma está destrozada. No puedo dejar de mirarlo con la esperanza de que… no lo sé. ¿Que el pasado vaya a cambiar? ¿Que el daño desaparezca? ¿Que de algún modo todo termine diferente? No sé lo que espero, pero no soporto ver lo despechada que está en tiempo real.

Me alegro de que no haya ido hoy al instituto. Todo el mundo habla de su vídeo y es una situación muy rara. Algunos están enfadados porque no se ha olvidado del tema; otros empiezan a sentirse culpables. Pero todos ellos están obsesionados con el número de visionados que está obteniendo y por la gente semifamosa que ha compartido el enlace. Estoy segura de que todos los autores de literatura juvenil que han surgido en los últimos tres años lo han retuiteado, así como un montón de gente de Broadway… y muchos periodistas.

Y esa es la razón por la que el director Hawkins ha cambiado completamente nuestra rutina del final de la jornada. No se nos permite salir por la puerta principal, como de costumbre. Salimos directamente al aparcamiento de estudiantes por las puertas del gimnasio y subimos sin demora a los coches y a los autobuses.

Una flota de reporteros se ha presentado justo después de la hora del almuerzo y se han instalado en el aparcamiento de enfrente. Hay cámaras y locutoras con el pelo brillante blandiendo micrófonos, y tenemos instrucciones explícitas de no hablar con ninguno de ellos sin que haya un progenitor presente.

Breanna Lo me da un golpecito en el hombro. Al girarme, veo que tiene el iPhone alzado hacia mí.

—Estoy grabando un episodio de mi podcast sobre la controversia del baile. ¿Puedes decirme algo al respecto?

—Fue injusto e inhumano, y nunca debería haber supuesto un problema.

—Me encanta —dice Breanna. Toquetea la pantalla y luego pregunta—: Y para que conste, estamos hablando con Alyssa Greene, la presidenta de nuestro consejo estudiantil. Alyssa, ¿puedes decirnos a qué baile asististe?

Me trago lo que pienso y sacudo la cabeza. Debería haber hecho caso al director Hawkins y no hablar con periodistas de ninguna clase.

Con la máxima gracia posible, me escabullo de Breanna y salgo al exterior para ir a por el coche. Se nos ha dicho que no nos dejemos filmar, pero mucha gente remolonea por delante de las cámaras, asegurándose de quedar inmortalizados.

El señor Thu sale y empieza a meter prisa a los estudiantes, pero no consigue atemperar del todo el narcisismo generalizado. Ya en el coche, intento agachar la cabeza al salir del aparcamiento de la escuela. Pero al doblar en el primer cruce hacia mi casa, veo con el rabillo del ojo un coche que parece el de… oh, no. Es el de mi madre.

Estiro el cuello y noto un escalofrío al verla plantada en el campo que hay enfrente de la escuela, con el abrigo en la mano, hablando con un equipo de televisión de Indianápolis.

Dios mío, ¿qué debe de estar diciendo? ¿Por qué no puede dejarlo correr?

Cuando vuelvo a mirar a la carretera, apenas tengo el tiempo justo para pisar el freno. Todo el cuerpo se me tensa y del susto me quedo sin aire en los pulmones. He estado a punto de chocar con el coche de delante. Un accidente, justo enfrente de James Madison, es lo último que necesito en estos momentos.

El tráfico que va a la ciudad es lentísimo. Es ridículo, voy a seis por hora. A este ritmo, llegaré a casa el jueves. Pongo el intermitente y me meto en el aparcamiento del Walmart. No tengo que comprar nada, pero es un buen sitio donde matar el tiempo. Hay mesas en el exterior y las máquinas de Coca-Cola son baratas.

Antes de aparcar, me doy cuenta de que no soy la única persona que ha tenido la misma idea. Un puñado de chicos del equipo de baloncesto están accediendo lentamente al aparcamiento con sus camionetas, y algunos sacan la cabeza por la ventanilla para gritar a las chicas que están sentadas en las mesas. Es el aspecto que presenta este lugar los viernes por la noche, con la diferencia de que estamos a plena luz del día y llevamos todos ropa de diario.

—¡Eeeeh, Alyssa! —me llama Shelby cuando me acerco.

Kaylee me saluda con el meñique.

—Ven a sentarte, reina.

Me asaltan las dudas, pero mis piernas me llevan en esa dirección. No quiero sentarme con ellas. En realidad no quiero ni verlas, pero mi madre, en cierto modo, ha redirigido mi vida. Es como si volviera a estar en la escuela primaria, cuando ella me elegía la ropa y las amigas y dictaba todo lo que iba a hacer durante el día. Soy una hoja en el viento, incapaz de elegir mi dirección, a merced de fuerzas externas.

—¿Sabías que el instituto ha salido en la CNN? —comenta Kaylee, colocándose mejor para que una de sus subalternas le trence el pelo.

—¿Cómo? —digo, sin emoción.

—Sí, en la portada del telediario. —Se muestra muy ofendida al citar el titular—: «Edgewater, Indiana, rebosa de intolerancia». ¿En serio? Nos presentan como si fuéramos monstruos.

Shelby inclina la cabeza como buena secuaz.

—En serio. Ella ya tuvo su baile, por el amor de Dios.

Me dispongo a decir algo (no estoy segura de qué) cuando se oye un ligero murmullo entre la gente que se congrega en las mesas. De pronto, alguien exclama:

—¡Es Mr. Pecker!

Todos estiramos el cuello y otras personas empiezan también a gritar, en un verdadero bombardeo de *Peckers*. En efecto, ahora veo al señor Glickman, que sale del Walmart con una pequeña bolsa en las manos. No era consciente de que seguía en la ciudad; daba por sentado que él y la señorita Allen habrían hecho las maletas después del fracaso del baile y habrían regresado a Nueva York.

—¡Que lo diga! —chilla Shelby, ahuecando las manos alrededor de la boca para amplificar el sonido.

Nick y Kevin, que han saltado desde la parte posterior de su camioneta para unirse a nosotros, se añaden a los cánticos.

—¡Que lo diga! ¡Que lo diga!

El señor Glickman respira hondo y pone los ojos en blanco. Sin demasiado entusiasmo, pronuncia la frase característica del personaje de Mr. Pecker en *Talk to the Hand*:

—Es la hora Pecker.

Todo el mundo ruge y vitorea. Kaylee da un codazo a Shelby y le mete unas monedas en la mano.

—¿Quiere tomar algo, Mr. Pecker?

Él se lleva una mano a la garganta.

—Este… es un instrumento perfectamente afinado. No pienso ofenderlo bebiendo (echa un vistazo a las latas que hay sobre la mesa) Diet Mountain Lightning.

Enrollando las fosas nasales, Kaylee se encoge de hombros.

—Como quiera.

El señor Glickman avanza un poco, como si estuviera a punto de irse. Pero de pronto gira sobre sí mismo y se coloca de cara a nosotros. Parece un movimiento bastante ensayado, pero, para ser sinceros, todo lo que hacen la señorita Allen y el señor Glickman parece ensayado.

—Sabéis, creo que he sido injusto. Al venir a vuestra pequeña y encantadora aldea con tamañas exigencias.

—Mi madre lloró de rabia por culpa suya —dice Shelby.

El señor Glickman se lleva una mano al pecho.

—Oh, no, ¿en serio? ¿Cómo es eso?

Shelby agita la mano.

—Ya lo sabe. Por intentar convertir el baile de graduación en una fiesta gay.

—Comprendo, comprendo, comprendo —dice el señor Glickman. De momento no repara en mí, es probable que ni siquiera recuerde quién soy. Pero su mirada me atraviesa sin verme. Y yo me alegro, porque esto me da la razón. No es totalmente espontáneo.

Tengo la sensación de que está a punto de exponer un argumento que ya ha expuesto otras veces, de ofrecer una interpretación que finge ser una conversación. Es exactamente el mismo modo en que yo me dirijo a los que piden que el consejo estudiantil convierta el 20 de abril en un día de vacaciones, o que Domino's sea el esponsor oficial de nuestra cafetería.

Kaylee se reclina sobre la mesa y se lo queda mirando.

—Entonces, ¿lo lamenta?

—Exquisitamente apologético —dice el señor Glickman—. ¿Alguna objeción?

—No —dice Nick, con una carcajada—. ¡Usted es Mr. Pecker!

—Y ahora, ¿puede alguno de vosotros, mocosos, explicarme por qué no queríais que Emma fuera al baile?

—Pues porque no está bien —dice Kevin, como si fuera la respuesta más evidente del mundo. Luego, para reafirmar su opinión, añade—: Lo pone en la Biblia.

—Y nosotros creemos en la Biblia.

Shelby asiente y se acurruca contra Kevin. Kevin le pasa el brazo por encima del hombro y tira sutilmente de la copa del sujetador. Ella suelta una risita, pero no le retira la mano. Encantador.

El señor Glickman los estudia con tranquilidad.

—Comprendo. Lo pone en la Biblia, y vosotros sois verdaderos creyentes. En ese caso, ¿no tenéis miedo?

—¿De qué? —pregunta Nick.

Toma ya. Allá vamos. Ahora veo adónde quiere ir a parar y me sorprende que los demás no se den cuenta. Bueno, no, no me sorprende en absoluto.

Todos tenemos en casa nuestras biblias con tapas de cuero blanco, regalo de cuando hicimos la catequesis. Pero nadie nos ha animado precisamente a leerlas de cabo a rabo.

Tenemos guías de debate que se centran en ciertas historias, que nos instruyen en cómo debemos sentirnos o qué debemos pensar sobre dichas historias. Suelen ser parábolas y milagros, aunque de vez en cuando salen también mujeres edificantes o actos de fe. No es una mirada a fondo bajo ningún concepto.

Con un movimiento elegante, el señor Glickman se desliza para sentarse en el banco. Con un gesto, señala el pie de Kaylee.

—Vaya, veo que esta joven encantadora luce un bonito tatuaje de delfín en el tobillo.

Kaylee vuelve a animarse al ver que la conversación regresa a su tema favorito.

—Me lo hice en las vacaciones de primavera del año pasado. El tío me dijo que tenía los mejores tobillos que había tatuado nunca.

—Apuesto a que sí —continúa el señor Glickman con una amplia sonrisa amable—. Lástima que vayas a ir al infierno por ello.

—¿Disculpe? —exclama Kaylee.

—Bueno, lo pone en la Biblia.

Con el ceño fruncido, Kaylee replica:

—No, no lo pone.

—No imprimirás marca alguna en tu cuerpo —dice el señor Glickman—. Búscalo, está en el Levítico.

Kaylee saca el móvil. Ni siquiera tiene que buscarlo en Google; tiene una aplicación de la Biblia bajada en la pantalla de inicio. No tarda nada en encontrar el pasaje en cuestión. Se deshincha un poco, más por estar equivocada que porque le preocupe ir al infierno, adivino. Estampa el móvil contra la mesa y dice:

—Eso no cuenta.

—Entonces, ¿puedes hacer y deshacer a tu antojo? —pregunta el señor Glickman. Pero no le deja responder. Girando la cabeza para mirar a Kevin, dice—: Porque, deje que lo adivine, señor. Usted ha pillado bastante cacho.

—No me puedo quejar —dice Kevin, colocándose bien la cazadora universitaria, y Shelby vuelve a soltar una risita y se pega más a su cuerpo.

—Pues bien, eso significa que la gente de tu iglesia tirará piedras a tu preciosa cabeza hasta matarte.

Shelby parece desolada.

—Nooo. ¡A la cabeza de mi Kevin, no!

—No creo que eso salga en la Biblia —dice Kevin, porque es tan corto que no ha aprendido la lección de ver cómo Kaylee buscaba un versículo hace apenas dos segundos. Y como Kaylee no está dispuesta a ser la única que queda en evidencia, muy amablemente lo busca por él.

Enseñando el móvil a Kevin y a Shelby, declara:

—Lo siento, chicos. Es cierto que te van a caer piedras de todas partes.

Nick suelta un graznido y señala a Shelby y a Kevin. Entonces, en voz alta, añade:

—¡Ja, ja!

—No creas que vas a irte de rositas, chico —dice el señor Glickman, dirigiéndose a Nick—. Si no me equivoco, llevas una cazadora de poliéster y vaqueros. ¡Directo al infierno por llevar dos tipos de tela diferentes!

Aprieto los labios y observo cómo buscan la cita, mientras el resto de la gente que nos rodea empieza a murmurar.

—¿A quién le encantan los nachos de carne? —pregunta el señor Glickman, y enseguida, al ver las manos alzadas, anuncia alegremente—: ¡Al infierno tú, tú y tú! ¿No sabíais que la Biblia dice que no se puede mezclar la carne y la leche en la misma comida?

Los murmullos van en aumento. Otras personas han sacado los móviles para confirmar este último dato. Al leer la respuesta, las exclamaciones se suceden. Milo, de los Futuros Almacenadores de Maíz de América, maldice en voz baja porque ha encontrado una regla contraria a plantar dos tipos de cultivo en un mismo campo; a otro chico le desconcierta lo de *arrancarse la ropa*. Me temo que esto es lo más parecido a leer la Biblia que hemos hecho en nuestra vida…, y me temo que está funcionando.

—Hay un montón de reglas —dice Shelby en voz baja.

—No sabía que hablara de todas estas cosas —añade Kevin.

Estoy maravillada ante el súbito cambio de ambiente que se ha producido en la mesa. Entonces el señor Glickman se levanta y se alisa con las dos manos la parte delantera del traje.

—Hay otra cosa que deberíais buscar. Debéis saber que he interpretado a Jesucristo en tres ocasiones distintas, en *Superstar*, en *Godspell* y en el belén viviente de mi tía Dorothy. ¿Y sabéis a qué conclusiones he llegado?

Como nadie dice nada, hablo yo:

—¿A cuáles, señor Glickman?

—Primera, que solo un judío puede interpretar al Mesías con autoridad —dice, señalándose a sí mismo con un gesto extravagante—. Y segunda, que cuando le preguntaron cuál era la ley más importante, Jesucristo en persona dijo que *amar al prójimo* era la única regla que le importaba.

Los dedos vuelan por las pantallas en busca de esta frase. Todas las miradas se alzan entonces hacia el señor Glickman. Reprimo una sonrisa y observo cómo el actor juega a su antojo con mis compañeros de clase.

Por fin, añade:

—Y, si queréis saber mi opinión, creo que nadie mostró el más mínimo amor hacia Emma la noche del baile de graduación.

Kaylee frunce el ceño.

—Deje de comernos el coco.

—A ver —replica Shelby—, en realidad tiene razón. Antes solíamos quedar con ella.

—¡Antes de que descubriera que era gay!

—Si descubrió que era gay, quiere decir que no tuvo ninguna otra opción —afirma el señor Glickman, encogiéndose de hombros como diciendo «las reglas no las pongo yo»—. Y si no tuvo otra opción, ¿acaso no quiere eso decir que Dios la hizo así?

—Las cosas no funcionan de esta manera.

El señor Glickman vuelve la cabeza hacia Shelby.

—¿Ah, no? ¿Cuándo elegiste tú ser heterosexual?

—Nunca —responde Shelby—. Simplemente lo soy.

El señor Glickman permanece un minuto en silencio, observando el rostro de Shelby hasta que ella comprende por fin. Luego inclina la cabeza y extiende las manos. Ha conseguido lo que quería. Se levanta y recoge las compras. El plástico fino de la bolsa revela un paquete de té de marca Throat Coat y un ejemplar de la revista *People*.

—Tengo que irme —dice el señor Glickman con amabilidad—. ¿Lo decís conmigo una vez más?

Y el aparcamiento entero del Walmart se inunda de docenas de voces que gritan al unísono:

—¡Es la hora Pecker!

19

Voces suaves como el trueno

EMMA

Cuando salgo de mi miserable caparazón, con el ordenador portátil en la mano, mi abuela se apresura a apagar el televisor.

—Muy sutil —digo, sentándome a su lado en el sofá. Enciendo de nuevo la tele y le digo—: Ya sé que ha salido en las noticias.

En realidad, por eso he salido de la habitación. Por fin me decidí a leer los comentarios que hizo la gente al ver el vídeo que subí la noche del baile, y así supe que mi historia se había hecho viral. O, por lo menos se ha hecho viral la versión de la historia que la gente puede componer a partir de mi vídeo y de todas las entrevistas a la puerta del instituto. Sorprendentemente, a excepción de unos tuits indignados de aquella misma noche, Barry y Dee han permanecido en silencio.

Mi abuela me rodea con el brazo y descansa la barbilla sobre mi hombro.

—Siento que tengas que soportar todo esto, Emma.

Apoyándome contra ella, digo:

—Sí, yo también. Es un asco. Y el problema no lo tengo solo yo, ¿sabes? Escucha algunos de estos comentarios.

Vuelvo a cargar mi canal y pongo pausa en el vídeo. No me apetece volverme a oír a mí misma explicando lo que sucedió la noche del baile de graduación. Lo que quiero es repasar los comentarios, y sí, algunos tarados y gilipollas han soltado ahí sus mierdas. Pero la mayoría de las respuestas son de chicos y chicas como yo. De todo Indiana y del Medio Oeste. Vaya, de todo el país.

Cobijada bajo el brazo de mi abuela, empiezo a explicarle algunos de los comentarios:

—Esta es una chica de Muncie. Dice que la dejaron asistir con su novia al baile de graduación, pero luego la echaron por llevar un esmoquin. Y este chico trans de Seymour fue el más votado como rey de la graduación, pero la escuela no quiso concederle el galardón. Hay seis comentarios de personas que dicen que sus profesores se niegan a llamarlos por sus pronombres adecuados. Esta es una chica bisexual de South Bend a la que expulsaron por llevar una chapa con la bandera del arcoíris. Yaya, está pasando en todas partes. Nos odian en todas partes.

Mi abuela suspira suavemente y me acoge en su abrazo.

—Algunos de ellos tienen miedo. Y algunos son ignorantes. Y sí, algunos están llenos de odio. Podemos hacer algo con los primeros dos tercios, pero al resto hay que dejarlos en manos de Dios.

Una ola abrumadora de desesperación se cierne sobre mí. ¿Toda mi vida va a ser así? ¿Tener que explicarme constantemente ante los ignorantes, tener que convencer a la gente de que soy tan peligrosa como un flan, y aprender a huir y a esconderme de los que van armados hasta los dientes? ¿Es este mi futuro? De pronto vuelvo a estar agotada.

Nos aconsejan que escondamos esa parte tan bonita de nosotros mismos, la parte del enamoramiento, del encaprichamiento embriagador. No os deis la mano dentro del Uber; no os beséis en el cine. Piénsalo dos veces antes de corregir a un desconocido cuando te pregunta por tu pareja y se equivoca de género. Elige bien las palabras para evitar que estos desconocidos te escupan o algo peor.

Mi abuela es la única persona en mi vida que casi es capaz de leerme la mente. Me agarra y me da la vuelta para que la mire a los ojos.

—No te diré que va a ser fácil. Pero te aseguro que las cosas no acabarán así.

Me echo a llorar. Mi abuela aparta el portátil para poder abrazarme mejor. Y yo lloro a conciencia, porque el entumecimiento ha desaparecido y ya solo queda la angustia. No quiero ser una noticia, no quiero ser una causa. Lo único que quería era ir al baile. Una noche. Era muy poco, y ni siquiera pude tener eso.

En algún lugar, en esta misma ciudad, es probable que mis padres estén viendo las noticias. Y seguramente se alegrarán. Claro que fingirán que lo sienten por mí, pero lo harán a su retorcida manera. «Pobre Emma, qué horrible manera de pagar el precio de su pecado. Tal vez esto la haga cambiar de opinión y de manera de actuar. Tal vez se arrepienta y podamos volverla a acoger en nuestro hogar.»

Juro que no he salido de la habitación con la intención de llorar. Solo quería compartir los comentarios del vídeo. Por si mi abuela no lo había visto ya, quería enseñarle las cosas horribles que la señora Greene dijo al Canal 13 de Indianápolis.

187

Tan horribles como las reglas que se sacó de la manga, porque las personas como ella han aprendido a usar nuestras palabras en nuestra contra. No salen a llamarnos bolleras. Al contrario, dicen cosas como esta:

«Lo que ha sucedido en Edgewater no es el resultado de un plan elaborado para humillar a esta chica, como ha dicho la prensa. La Asociación de Padres de James Madison High llegó a la conclusión de que la seguridad de Emma no estaba garantizada a no ser que ofreciéramos la opción de un baile de graduación alternativo para aquellos estudiantes y padres que no estuvieran de acuerdo. Desafortunadamente, hay personas en nuestra comunidad a quienes ofende este estilo de vida y, por lo tanto, pensamos que nuestra decisión, si bien no era la ideal, era la única salida de la que disponíamos».

Todo ello sin mencionar que ella es una de esas personas de la comunidad y que no podría importarle menos mi seguridad. Ignorando del todo el hecho de que fue precisamente ella quien movilizó a todo el mundo.

Pero suena bien, ¿verdad? Suena razonable. Suena mucho mejor que la verdad. Según parece, si una persona aprende a mentir del modo adecuado, es capaz de irse de rositas.

Mis sollozos se atenúan al cabo de un rato, pero el pecho me sigue doliendo. Cada vez que respiro, siento un pinchazo.

Mi abuela vuelve a demostrarme todo su amor secándome la cara pegajosa y llena de mocos con un puñado de pañuelos de papel. Me toca con suavidad; las palmas de sus manos están calientes. Me toma la cara entre las manos y me acaricia las mejillas ya secas con los pulgares.

Estoy segura de que nunca hubiera pensado encontrarse con este panorama en su vejez. Tener que criarme en vez de estar pasándolo en grande en un casino flotante. En vez de pasar el invierno en Florida, enseñando a las aves migratorias a jugar a las cartas para poder darles una buena paliza. En cambio, ha tenido que quedarse aquí, soportándome. Al mirarla, me vuelven a entrar ganas de llorar. Le he puesto las cosas muy difíciles.

—Siento haberte arrastrado a todo esto —le digo.

Mi abuela respira hondo y me pasa los dedos por el pelo.

—Emma, ¿te acuerdas de tu tío abuelo Donnie?

El nombre me suena vagamente, pero niego con la cabeza.

—Da igual. Era mi tío —continúa—. Sirvió en el Pacífico durante la Segunda Guerra Mundial, y allí conoció a su novio de toda la vida. Claro que no era así como lo presentaba a la gente. Frank era su amigo.

»Se fueron a vivir a California, lejos de nosotros, para ocultar su vida. Y aunque regresaban cada año por Acción de Gracias y Navidad, y terminamos llamándolo tío Frank, todo el mundo fingía que solo eran amigos. Pasaron cuarenta y siete años juntos, hasta la muerte del tío Frank, y ni siquiera entonces el tío Donnie se sinceró.

»Llevaban un cuarto de siglo juntos antes de que se celebrara el primer desfile del orgullo gay. Ambos murieron antes de la legalización del matrimonio. Y te cuento todo esto porque lo que ahora estás pasando tú es terrible. Imperdonable. Hay personas en este pueblo a las que prendería fuego si se me presentara la oportunidad, y personas a las que no escupiría encima si se estuvieran quemando.

»De modo que si quieres irte después de graduarte a Nueva

York o a San Francisco, haré lo posible para que puedas conseguirlo. Sé que tenías planeado ir a la Universidad de Indiana en otoño, pero si quieres tomarte un año sabático e instalarte en algún lugar más tolerante, no te lo echaré en cara. Tengo incluso algo de dinero ahorrado.

»Solo quiero que sepas que eres el sueño que el tío Donnie nunca se atrevió a soñar.

»Tienes diecisiete años; sabes quién eres. El mundo sabe quién eres. Tal vez esto no signifique mucho para ti. Pero escucha bien a tu abuela cuando te dice que tu lucha, ahora y aquí, es importante.

Respiro entrecortadamente cuando vuelvo a recostarme contra ella. No sabía que había tenido un pariente gay… Bueno, menudo problema, ¿verdad? Abrazo con fuerza a mi abuela y digo:

—Me gustaría pensar que es importante, pero ya no estoy segura.

—No pasa nada, cariño —dice ella—. No tienes que estar segura ahora mismo. Y siempre podemos seguir hablando de esto más adelante.

—Estaría muy bien —respondo, y lo digo en serio. Últimamente se ha hablado demasiado, y demasiada gente ha hablado por mí. Un poco de silencio, dentro y fuera de mi cabeza, no me vendría mal. Y aquí me siento segura, oculta tras la puerta de color verde lima de la extravagante casa púrpura de mi abuela, dos mujeres poco convencionales que comparten el mismo techo.

Mi abuela me abraza, pero me mira por encima del hombro.

—Cambiando de tema, deberíamos hablar de mi coartada.

Frunzo el ceño.

—¿Coartada para qué?

—Bueno, no diré que tenga intención de atropellar a Elena Greene en el aparcamiento del supermercado la próxima vez que me la encuentre. Pero tampoco diré que no la tenga.

Y yo sonrío por primera vez en muchos días.

20

Ciudad pequeña a cámara lenta

ALYSSA

Aquí estoy, sentada sobre el capó de mi coche, bajo la torre de agua, sola.

Hace un par de horas he escrito a Emma suplicándole que viniera aquí a encontrarse conmigo. Ella no ha respondido, pero he venido igualmente. El sol intenta brillar, pero unas nubes grises y difusas manchan el cielo. A veces, la primavera en Indiana está llena de narcisos y tulipanes, pero también hay cortinas de agua y truenos imponentes.

Vuelvo a mirar el móvil. No hay mensajes de Emma, y he esperado ya quince minutos más de lo que me había propuesto. Ella no me debe nada; lo sé perfectamente. Pero me pidió que la mirara a los ojos y le dijera que no estaba enterada del cambio de escenario del baile de graduación. Entre que salgo del instituto y mi madre llega a casa del trabajo hay un pequeño lapso de tiempo, y se está haciendo más pequeño cada minuto que pasa.

Un viento frío sopla a través de los campos y meto las manos en las mangas del abrigo. En mi interior, sé que no va a venir, pero igualmente esperaré un poco más. Por si acaso. El enorme agujero de mi corazón no se cerrará hasta que tenga ocasión de verla. De hablar con ella. De explicarme. He ensayado esta conversación mucho más de lo que he ensayado decirle la verdad a mi madre, y reconozco que esta es una parte importante del problema.

El viento me azota el pelo contra la cara, y algunos mechones se enganchan en los rastros de mis lágrimas. No va a venir, y es justo, me digo a mí misma. Porque es verdad. Pero eso no significa que no me duela. He luchado por ella todo lo que he podido y, de acuerdo, la he cagado…, pero que ella piense que yo estaba enterada de lo del baile es más de lo que puedo soportar. Jamás habría hecho algo parecido y pensaba que ella me conocía mejor.

De pronto, el sonido de un motor me llama la atención. Me giro, mirando en ambas direcciones. A medio kilómetro de distancia, veo un punto oscuro que podría ser un coche, avanzando en esta dirección. Se me forma un nudo en la garganta al ver cómo se acerca cada vez más y me pongo en pie de un salto al reconocer la forma familiar del Escarabajo de la abuela de Emma. Es el único coche que tienen, y Emma no suele conducir, pero es ella quien está ahora al volante.

Detiene el coche cerca del mío y baja lentamente del vehículo. Envuelta en una sudadera azul con capucha y unos pantalones de chándal, tiene pinta de haber salido de casa por primera vez en muchos días. Tanto que entorna un poco los ojos para protegerse del sol a medida que se acerca. Unos círculos oscuros se dibujan alrededor de sus ojos, y adivino que la capucha oculta el pelo revuelto recién salido de la cama. Emma se mete las llaves en el bolsillo de la sudadera y deja ahí las manos.

Nerviosa, cambio de posición. Tiene todo el cuerpo sellado, la cara pétrea. Se detiene a un metro de mí. Aunque no esperaba que se lanzara a mis brazos, tampoco pensaba que levantara este muro. Es justo, me digo a mí misma. Por mucho que me duela, es justo.

—Gracias por venir —digo, reprimiendo la urgencia de tocarla—. No estaba segura de que lo hicieras.

Emma se encoge de hombros con brusquedad.

—Yo tampoco. ¿Qué quieres?

Vaya, vale. Mi cerebro susurra «es justo», pero mi corazón se rebela. Me trata como a una extraña y, lo merezca o no, es doloroso. Estoy tan acostumbrada a ver su lado más cariñoso que esta frialdad la convierte también en una extraña. Me recompongo y digo:

—Bueno, en primer lugar, supongo que quiero decirte que lo siento.

—¿Supones?

No puedo evitarlo. Me acerco a ella.

—Quiero decir que lo siento. Lo siento muchísimo.

Emma se muerde el labio y entorna los ojos.

—¿Qué es lo que sientes, exactamente? O mejor, dímelo ya: ¿estabas al corriente?

Me acerco todavía más y veo la angustia de su mirada. El vídeo que grabó la noche del baile de graduación se reproduce en mi cabeza en un bucle continuo. Cuesta mucho arreglar las cosas si no puedo abrazarla. Si no puedo apretarle las manos y quitarle las lágrimas con mis besos.

—Te lo juro, no sabía nada. No me enteré hasta que llegué allí. Mi madre alquiló una limusina y me metió en ella. No tenía ni idea.

Emma me examina con la cabeza inclinada. La curva de sus labios está llena de amargura.

—Nadie te lo dijo. ¿Ni siquiera tus nuevas amiguitas?

—¿Qué?

—¡Shelby y Kaylee! Parece que os lo pasasteis estupendamente. ¿No mencionaron nada del gran plan?

—No son mis amigas —digo, furiosa—. Mi madre cree que lo son. Ella lo planeó todo.

Emma desvía la mirada y la tenue luz del sol se refleja en sus gafas. Tiene la piel de color gris, excepto las mejillas, que el viento frío ha sonrosado. Parece una muñeca de porcelana, frágil y pintada con colores crudos.

—O sea, que tu madre organizó un segundo baile y tú no tenías ni idea.

—Emma —digo, con las manos tendidas. Suplicantes—. Tú me conoces.

Cuando vuelve a girarse hacia mí, veo que traga saliva. Está intentando no llorar. No, parece que está intentando que no se la lleve el viento.

—¿Te conozco?

La tomo por los hombros y me acerco un poco más. Lo suficiente para oler su piel y sentir su calor. Mi cuerpo se enciende ante el súbito contacto. Ha pasado mucho tiempo; demasiado tiempo.

—Claro que sí. Soy una cobarde, lo sé, siempre pospongo las cosas, ¡pero sabes perfectamente lo que significas para mí!

Por primera vez desde que nos conocemos, Emma no me coge las manos. Mantiene las suyas dentro del bolsillo de la sudadera, escondidas y protegidas.

—No, no lo sé. —Habla sin energía, está derrotada—. He tenido mucho tiempo para reflexionar, y… tal vez para ti no soy más que un experimento. O tal vez lo que quieres es cabrear a tu madre, no lo sé.

Herida, doy un paso atrás.

—¿Un experimento? ¿Y qué más, Emma? ¿Acaso te preguntas si esto no es más que una fase?

Los ojos de Emma centellean.

—No es esto lo que quería decir, y lo sabes.

—Es lo que has dicho.

La suelto.

De pronto, el muro que ha levantado a su alrededor se derrumba y Emma se descompone. Se mueve, dolida, pasándose las manos por la pena que lleva enredada en el pelo.

—¿Sabes lo que fue estar allí plantada con aquel vestido estúpido, totalmente sola en el gimnasio, sabiendo que los demás habían conspirado para planear el mejor modo de herirme? ¿De humillarme? ¡Lo único que os faltó fue dejar un cubo de sangre de cerdo!

—Debió de ser horrible —sollozo, temblorosa.

—Lo fue. Pero lo peor fue que tú no vinieras. Pese a saber lo que estaba pasando, no viniste. No me diste la mano ni me sacaste de allí. Te limitaste a dejar que pasara.

Necesito dos intentos para encontrar un hilo de voz.

—No pude.

—Deberías.

—Debería haberlo hecho, pero no pude. Ya sabes cómo es mi madre —digo, y vuelvo a tenderle la mano.

Esta vez, Emma me rechaza. Ha vuelto a levantar el muro.

—Sí —asiente—. Lo sé. La vi en las noticias. Intenta que todos piensen que yo soy la mala. Como si yo hubiera llamado a la línea de urgencias de Broadway para que Barry y Dee Dee acudieran a estropear el baile.

—Vi al señor Glickman en el Walmart —digo, estúpidamente—. Estuvo intentando que la gente cambiara la opinión que tienen sobre ti.

Veo que la noticia afecta bastante a Emma. Pero sacude la cabeza y se encoge de hombros.

—Lo que tú digas. Que le vaya bien. Mira, voy a hacer otro vídeo. Voy a contar la historia entera. ¿Quieres hacerlo conmigo?

La pregunta me pilla desprevenida. Me temo que esa historia completa va a pintar una enorme diana en la espalda de mi madre. Y sé que se ha comportado como un monstruo.

Pero también la he oído esta mañana, dejando otro mensaje en el contestador de mi padre. Diciéndole cuánto lo echa de menos y cuánto lo necesita. Reconociendo que las cosas aquí no son perfectas y que no lo han sido desde que él se fue.

No sé cómo explicar a Emma que estoy de acuerdo con ella y estoy de su lado, pero que también, a pesar de todo, sigo queriendo a mi madre. Así que lo único que logro decir es un anémico y débil:

—Me gustaría, pero…

Emma sonríe, arrepentida.

—¿Sabes una cosa, Alyssa? Sé que sientes algo por mí, pero yo no puedo continuar así. Me duele demasiado.

Aunque no sea una sorpresa, igualmente me golpea como

si lo fuera. Es como un estampido sónico que hiciera estallar el cielo.

—Entonces..., ¿estás rompiendo conmigo?

Ninguna de las dos dice nada. Emma mira al viento, descubriéndose la cara. Yo me rodeo con los brazos y espero. Deseo que diga que no. Rezo por que diga que no.

—Sí —dice, asintiendo a la vez para confirmarlo—. Hemos terminado. Todo ha terminado.

Y aunque siento el impulso de abalanzarme sobre ella y ponerme delante del coche y suplicarle que no se vaya, me quedo contemplando cómo se marcha. El coche se pone en movimiento, y a medida que se aleja más y más de mí, lo único que quiero es gritar y gritar, hasta que mi voz se haga pedazos y desaparezca del todo.

Durante toda mi vida, lo único que he hecho ha sido lograr cosas, saltar aros, fingir sonrisas. Y no ha sido suficiente. Los lazos azules y los trofeos de campeona, las actividades extracurriculares y las clases en la escuela dominical... He hecho todo lo que mi madre quería... para nada. Porque ella siempre querrá verme como la perfecta Alyssa Greene, y yo nunca lo voy a ser. Nunca.

Me dejo caer sobre el capó del coche, me tapo la cara con las manos y me echo a llorar. Lo único que era mío, la única cosa bonita que yo había elegido, la que me hacía sentir completa y humana y viva, se ha ido.

Y yo la he dejado marchar.

21

Mira el cielo del oeste

EMMA

Al llegar a casa, ya no me quedan más lágrimas por derramar. Y esta vez lo digo en serio.

El último mes ha sido el más duro de mi vida, y ahí incluyo el momento en que mis padres me echaron de casa a los catorce años, y la muy desafortunada época en que me corté mucho el pelo por delante y me lo dejé largo por detrás. No estoy contenta y no lo he superado, pero os aseguro que he aprendido muchísimo.

En primer lugar, he aprendido que es posible separarme a mí misma de mi propia vida.

Y también he aprendido que es posible convencerse de que eres feliz comiendo los restos mientras los demás se dan un buen banquete. Por fin comprendo lo que quieren decir cuando la gente se pregunta si el fin justifica los medios. Barry y Dee Dee se pusieron de mi lado por las razones equivocadas. Tal vez el director Hawkins también lo hiciera.

Tengo el corazón roto, pero sigue latiendo. La ciudad se me ha puesto en contra, pero he sobrevivido. Ya no voy a seguir esperando a que mi vida empiece. No voy a seguir siendo un peón en las partidas de los demás.

Así que cuando llego a mi casa y veo el coche de alquiler de Barry y Dee Dee aparcado a la puerta, me digo «vamos al lío». Según lo que me acaba de decir Alyssa, Barry todavía cree que sigue luchando de mi parte por una causa noble. ¿Y sabéis qué? Tal vez lo esté haciendo, pero a partir de ahora voy a ser yo quien libre mis propias batallas.

En casa, mi abuela está sentada en el salón junto a Barry y Dee Dee, pero pega un bote al verme entrar.

—Emma, han venido porque quieren comentarte una cosa. Pero si no te interesa oírla…

Desvío la mirada hacia Barry, cuya expresión está llena de expectación. De esperanza. Ahora recuerdo por qué confié tan fácilmente en él. He visto esa expresión en el espejo, en mi propia cara; no creo que mintiera cuando dijo que sabía lo que Alyssa y yo estábamos pasando. Es probable que dijera un montón de verdades cuando irrumpió en mi vida. Solo se le olvidó mencionar que sus motivos no eran puros.

Pero Barry no es el primero en hablar. Dee Dee se le adelanta. Por supuesto que sí. Levantándose de la silla, absorbe toda la luz de los focos, aunque sea solo en su imaginación. Se lleva una mano al pecho y dice:

—Si me permites. Tenemos que reconocer que hemos empeorado las cosas. Y creo que lo mejor que podemos hacer por Emma es irnos a casa y dejar todo esto atrás.

Barry lanza una mirada en su dirección. Está claro que han tenido una discusión, pero también está claro que irse ahora no es lo que habían hablado. Con gran energía, replica:

—No nos iremos.

—¡No nos vamos nunca! —se lamenta Dee Dee.

—Nos quedaremos hasta que arreglemos las cosas —dice Barry con autoridad—. Daremos la vuelta a la tortilla, Emma.

Me pregunto cuánta tortilla creen que queda para darle la vuelta. El baile de graduación ya ha pasado. El último curso está a punto de terminar. Y lo que es más frustrante, una vez más se me presentan con un guion que han escrito sin compartirlo conmigo. No voy a volver a caer en lo mismo, no me importan los planes que tengan. Estoy bastante segura de lo que quiero hacer a continuación, y si quieren formar parte de ello, tendrán que seguirme a mí. No serán ellos los que den las órdenes. Y tampoco dejaré que me sigan hasta que muestren un poco de remordimiento.

—Bien. Antes que nada. Vosotros dos me debéis una disculpa.

Por la cara que pone de Dee Dee, parece que haya hablado en marciano.

—Yo ya me he disculpado.

—No —dice mi abuela, muy animada—. Usted ha dicho que habían empeorado las cosas.

—Lo cual equivale a reconocer que hemos actuado mal —insiste Dee Dee, y luego me mira—. Fracasamos en nuestro objetivo de que disfrutaras de tu baile.

—Sigue sin ser una disculpa —canturrea mi abuela.

Intervengo, porque veo que mi abuela está disfrutando demasiado.

—Y, de todos modos, no es esto por lo que debéis pedirnos disculpas. No vinisteis a ayudarme. Vinisteis a ayudaros a vosotros mismos.

—Me ayudo a mí, te ayudo a ti —dice Dee Dee con ligereza—. ¿Qué tiene eso de malo? La gente que necesita a otra gente es la gente más afortunada del mundo. ¿Acaso no lo sabías?

Barry levanta la voz, golpeando el aire con el puño.

—Emma, lo siento. Siento que tomásemos tu historia y nos envolviéramos en ella como un chal en un día de otoño. Fue un error, lo sabemos, y ahora… querríamos ayudarte. Solo por ti. Quiero invitaros a ti y a tu abuela a volver conmigo a Nueva York. Ahora, o cuando te hayas graduado. Tengo un bonito apartamento sin ascensor, al lado de Manhattan…

Dee Dee resopla.

—¡Por favor, pero si vives en Queens!

Barry lanza una mirada envenenada a Dee Dee, y enseguida gira la cabeza para mirarme de nuevo a mí, prosiguiendo en el punto donde lo había dejado.

—Con espacio de sobra. Quedaos en mi casa. Ven a la Universidad de Nueva York. Emma, la ciudad te encantará. Y tú encantarás a Nueva York.

Hubo ocasiones en el pasado en que me hubiera lanzado sin pensarlo dos veces ante una oferta como esta, algunas de ellas muy recientes. Es tentador, más que tentador. Parece un milagro, una transformación que supera con creces a esos vestidos de Gregg Barnes que cambian de color. Sería un mundo nuevo, una Emma nueva y una vida nueva.

Pero yo quiero la mía.

—Esto… te lo agradezco mucho, Barry, pero ¿sabes qué? Si todos los adolescentes gais de Indiana se van, eso significa que cualquier adolescente gay tendrá que hacer todo el camino en solitario.

Mi abuela murmura alguna cosa que no llego a pillar. Pero tiene la cara radiante y llena de orgullo. Me guiña el ojo y me dirige un pequeño gesto de aprobación. Siempre ha estado de mi lado. Nunca he estado completamente sola. Y, por lo que a mí respecta, el siguiente chico o chica que lo necesite me va a tener de su lado, si así lo desea.

—Entonces lancemos una ofensiva en la prensa —dice Barry—. Te meteremos en el programa de Fallon.

—¿Cómo diablos vas a meterla en el programa de Fallon? —pregunta Dee Dee.

—Ya se me ocurrirá algo —dice Barry, apretando los dientes. Se vuelve hacia mí—. Serás la portavoz de toda esta historia, no esa bruja de la Asociación de Padres que está vampirizando el tiempo de antena. Te haremos salir en la tele para poder mostrar al mundo de quién trata realmente esta historia.

Lo están volviendo a hacer. Es casi cómico; como si no pudieran evitar respirar todo el aire que hay en la habitación. Se esfuerzan muchísimo, pero no paran de meter la pata. Y os confieso que la situación me resulta divertida. Estos excéntricos absolutos llevan tanto tiempo viviendo en un mundo paralelo que ya no saben comportarse como adultos normales y corrientes.

—A ver, chicos —digo, intentando amansarlos como si fueran dos tigres siberianos exageradamente grandes en el ring de un circo de Las Vegas—. No saldría en el programa de Fallon aunque mi vida dependiera de ello. Todavía no le he perdonado que interpretara a una mascota nazi. Pero si fuera en el programa de Kimmel, me lo podría pensar…

—Mi exmarido conoce a Kimmel —dice Dee Dee en voz baja, como quien está a punto de someterse a una cirugía dental—. Hace años que sueña con quitarme la casa de los Hamptons.

—Mmm, y que lo digas —dice Barry, complacido.

Dee Dee tiene la mandíbula tan rígida que le sobresale un músculo del cuello al decir:

—¿Sabes en cuántos cruceros de Broadway tuve que actuar para pagar esa casa? Antes dejaría que una aspiradora me succionara los ojos que llamar a esa sabandija…

Todos la miramos; parece estar en pleno monólogo, pero ¿quién sabe si ha terminado ya? Tengo la sensación de que va a decir que sí a continuación, y acierto.

—Pero lo haré. Si es necesario. —Dee Dee se traga el nudo que tiene en la garganta y me tiende la mano—. Si tú quieres.

Negando con la cabeza, le aprieto la mano.

—No quiero que pierdas tu casa, Dee Dee.

La mujer se derrumba con un débil «Gracias a Dios», y me espía desde la mano dramática que se ha llevado a la frente.

—Continúa, entonces.

—Voy a hacer una declaración de principios. ¿Y sabéis una cosa? Os debo a los dos un agradecimiento por haber venido. Mi vida se iba igualmente al garete con vosotros o sin vosotros, y por lo menos le habéis dado un poco de garbo.

—En realidad, la palabra no quiere decir esto —susurra Dee Dee, pero enseguida presta atención—. ¡Soy toda oídos!

Me tiemblan las manos y mi corazón es como un molde de gelatina en el maletero de un coche. Se contonea a lo loco;

es posible incluso que vaya a desprenderse. Pero aunque me cuesta respirar, no pienso cambiar de opinión. No me rendiré.

Miro a mi abuela, que siempre me ha apoyado, y a Barry, que sabe muy bien de qué va todo esto, e incluso a Dee Dee, que con un poco de esfuerzo puede ser dirigida en la dirección correcta. Los miro con atención y todo se aclara al instante.

—Voy a hacerlo a mi manera. Voy a grabar un vídeo y voy a subirlo a mi canal. Ahora tengo muchos más subscriptores. Y, gracias a la señora Greene, la gente no para de visitarlo para conocer más detalles de la historia.

—Eso es verdad —dice Dee Dee.

—Y teniendo en cuenta hasta qué punto hemos metido la pata, seguro que tú sabes mucho mejor que nosotros lo que tienes que hacer —corrobora Barry.

Me siento frente a ellos sobre la mesita de la sala, una ofensa por la que normalmente mi abuela me reprendería a base de bien. Pero esta vez solo provoco una ceja arqueada y mucha curiosidad por lo que voy a decir. Me sujeto las manos y asiento varias veces a medida que el plan toma forma en mi mente.

—Voy a decir lo que pienso. Y algunas personas de la ciudad van a escucharme, y tal vez se echen a llorar porque se darán cuenta de que lo que hicieron estuvo muy mal. Y habrá gritos y reuniones, y se evaluarán los daños.

»Se propagará por otros pueblos y ciudades. Habrá gritos y reuniones y evaluaciones, y tal vez, el año que viene, se celebrará un baile de graduación de la hostia en Edgewater, Indiana, para todo el mundo, sin que importe quién seas, sin que importe a quién quieras.

De momento, la parte del plan que consiste en hacer-llorar-a-la-gente está funcionando a la perfección. Mi abuela tiene los ojos llorosos y Barry solloza abiertamente. Hasta Dee Dee hace un rapidísimo gesto para secarse un ojo antes de que el rímel le manche la mejilla. Debería sentirme mal por hacer llorar a la gente, pero en este caso me siento orgullosa. Me he ganado las lágrimas. He trabajado duro para conseguirlas.

Barry me tiende las manos y yo las acepto.

—Emma, eso sería maravilloso.

—Y ¿sabes una cosa? Cuando eso suceda, Barry, quiero que seas mi pareja.

—Pero ¿y tu…?

—Hemos roto —le interrumpo, y una repentina oleada de consternación se lleva consigo el optimismo.

—Lo siento, cariño… —dice él.

Asiento. El año que viene, a estas alturas, ambas estaremos en la universidad y yo no seré más que un recuerdo. Un recuerdo que tal vez Alyssa guardará en una caja de zapatos y sacará de vez en cuando, o tal vez uno que enterrará en lo más hondo y fingirá no haber tenido nunca.

No puedo saberlo. Y me duele. Pero no puedo obligarla a hacer algo que no quiere hacer. No puedo hacer que sea alguien que no quiere ser. Alyssa es Alyssa, y tiene que encontrar su propio camino.

De modo que me encojo de hombros y le digo a Barry:

—Será un baile para todos los que no pudieron disfrutar del suyo, y eso te incluye a ti.

—¿Podré ponerme el esmoquin plateado que nunca me

puse? Todavía lo guardo. —Barry mira a lo lejos—. Habrá que renovarlo, pero casualmente conozco…

—¡Al diseñador de vestuario ganador de un Tony, Gregg Barnes! —exclamamos mi abuela, Dee Dee y yo al unísono.

—Os creéis muy graciosas —protesta él, pero también se echa a reír. Apretándome las manos, pregunta—: Entonces, ¿cuándo vamos…? ¿Cuándo vas a grabar ese vídeo? Tú lo harás todo, pero lo mínimo que podemos hacer es asegurarnos de que captas toda la atención que te mereces.

Me levanto y digo:

—Voy a hacerlo ahora mismo. Últimamente he estado escribiendo muchas canciones y sé la que voy a utilizar.

—A por todas —grita Dee Dee.

—Y buena suerte —me desea Barry.

22

Para siempre

ALYSSA

Es bastante aterrador llegar al instituto y ver que todo el mundo está mirando su teléfono.

Técnicamente, hay normas que prohíben sacar el móvil en los pasillos, aunque todos nos las saltamos de vez en cuando. Pero esto es una insurrección en toda regla.

Avanzo por el pasillo y veo a la gente apiñada en grupos, mirando juntos las pantallas. Oigo sonidos metálicos que podrían ser música, pero es difícil de distinguir con tantos aparatos reproduciéndola al mismo tiempo.

Me giro lentamente y tecleo la combinación para abrir mi taquilla. De pronto, Shelby aparece de la nada y se abalanza sobre mí. Tiene el rostro rosado y brillante a causa de las lágrimas, pero el maquillaje sigue perfecto. Al derrumbarse entre mis brazos, lo hace con precisión, parte drama y parte emoción genuina. O eso creo. Tratándose de Shelby, a veces cuesta distinguirlo.

—Oh. Dios. Mío —dice, sollozando sobre mi hombro—. ¿Has visto el vídeo de Emma?

Noto que se me cierra cada poro del cuerpo. Me gustaría

esconderme dentro del jersey y convertirme en una pequeña piedra gris, pero por desgracia soy la presidenta del consejo estudiantil, no la maga del consejo estudiantil. Tengo el vídeo de Emma en el baile de graduación grabado a fuego en mi mente. Una y otra vez, se reproduce en mi cabeza y se me queda pegado como una canción.

—Lo vi la noche del baile, Shelby. ¿Por qué?

—Noooo —gimotea en mi oído, apretándome todavía más fuerte—. El nuevo. Oh, Dios mío, no puedo creer que aún no lo hayas visto. Toma. Míralo. ¡Mira!

Shelby me coloca el móvil delante. Tengo que echar la cabeza hacia atrás para poder enfocar la pantalla, porque ella me lo acerca cada vez más. Al final, le quito el aparato. Si tienen que obligarme a ver la última aportación videográfica de mi exnovia al tema del desamor, prefiero hacerlo a una distancia considerable.

Como un pulpo, Shelby me pasa el brazo alrededor de los hombros y pulsa *play*.

—¡Mira!

—Estoy mirando —le digo, molesta. A ver, preferiría no hacerlo, pero al parecer no tengo elección. Y ¡qué demonios!, probablemente me lo merezca. Ya he mencionado antes que soy la peor persona del mundo y estos últimos dos días no me han servido para cambiar de opinión.

Después de un breve anuncio, la cara de Emma llena la pantalla. El dolor en el pecho va en aumento, porque tiene mejor aspecto que la última vez que la vi. El día que nos encontramos bajo la torre de agua tenía la piel gris y los labios azulados y los ojos inyectados en sangre de tanto llorar. Cada centímetro de su angustia se reflejaba en su cara, pero en este vídeo se la ve muy bien. Está guapa. Y a mí solo se me ocurre pensar: «Oh, Dios, ya ha superado lo nuestro».

La pantalla se emborrona, pero sigo allí plantada. Shelby me tira el aliento al cuello al tiempo que vuelve a mirar el vídeo. Hunde los dedos en mis hombros, y su peso amenaza con hacerme perder el equilibrio. O tal vez estoy ya desequilibrada, porque veo que Emma, sentada en su cama de color lavanda, entre paredes verdes, lo explica todo desde el principio.

Mientras habla, sus dedos rozan las cuerdas de la guitarra, sin tocarla. Se mueven de memoria, mientras ella explica cómo la Asociación de Padres amenazó con cancelar el baile de graduación si ella asistía al mismo con su novia. Cómo el señor Glickman y la señorita Allen acudieron para protestar. Cómo la Asociación de Padres decidió organizar un baile falso solo para ella. Sus dedos rasgan acordes silenciosos; sus hombros se mueven al compás de una música que solo suena en su cabeza. Y entonces me doy cuenta por primera vez:

Nunca, ni una sola vez, me puso al descubierto. Nunca le dijo a nadie que su novia había ido al otro baile. Que la madre de su novia es la razón por la cual todo empezó y acabó descontrolándose. Nunca me echó la culpa; nunca me nombró. Ni siquiera llegó a mencionar que habíamos acordado ir juntas y que yo la dejé plantada.

Durante todo este tiempo me ha estado protegiendo y yo no siquiera me había dado cuenta.

Y entonces empieza a tocar. De pronto, los acordes silenciosos adquieren una voz, y ella canta las mismas palabras que me dijo hace un millón de años.

No quiero provocar un disturbio.
No quiero ser una pionera.
No quiero ser un símbolo
ni tampoco una advertencia.
No quiero ser un chivo expiatorio
al que la gente se oponga.
Lo que quiero es lo más sencillo
entre las cosas que se pueden querer.

Ante mi sorpresa, Shelby se pone a cantar también en voz baja, sorbiendo entre verso y verso.

Solo quiero bailar contigo.
Dejar que el mundo se desvanezca
y bailar contigo.
¿A quién le importa lo que digan los demás?
Y cuando hayamos terminado,
nadie podrá convencernos de que estamos equivocadas.
Estaremos solas tú y yo
y una canción.

Cuando Emma deja de cantar, ya no le veo la cara. Las lágrimas me emborronan la visión y apenas oigo su voz por encima de mis propios sollozos. Yo deseaba darle todo eso con todo mi corazón y no fui capaz. Fracasé.

No soy la alumna perfecta, no soy la hija perfecta y, sin lugar a dudas, no soy la novia perfecta. Soy la peor persona del mundo y…

—¿Has oído eso, Alyssa? —pregunta Shelby, apretándome todavía más fuerte—. Solo quería bailar contigo.

Intento decir que sí, pero lo único que me sale es un sollozo intermitente.

Shelby me sacude y luego me acaricia el pelo.

—Siento mucho que lo hayamos estropeado. Somos unas mamonas.

Si Emma estuviera aquí, diría algo así como «Por eso le gustas a Kevin», pero yo nunca pronunciaría una frase semejante. Si Emma estuviera aquí, la abrazaría y bailaría con ella, aquí mismo, en el pasillo. Si Emma estuviera aquí, yo... no lo sé. Se lo compensaría. Daría cualquier cosa por poder compensarla de algún modo.

Balanceándose todavía conmigo, Shelby dice:

—Me parece muy bonito que quiera intentar montar un baile para todos el año que viene. Yo podría ayudar con la decoración. Podría coser banderolas y hacer un gran arcoíris donde colgar las fotos y tal vez pequeños bebés de Cupido con pañales de arcoíris... ¡Me encanta el arcoíris!

—El arcoíris es genial —digo, insensible. Y entonces Shelby desaparece; está ahí, pero separada por una extraña distancia interna.

Estoy sola con mis pensamientos. Y en mi cerebro se oye un tictac que podría ser una idea. No, un recuerdo. Tal vez ambas cosas. De pronto, con total claridad, oigo al director Hawkins diciendo: «No dejes que lo perfecto sea enemigo de lo bueno».

—Tengo que ir al despacho del director —digo.

—No te preocupes —dice Shelby, arrastrándome al presente—. Todo el mundo está mirando el móvil; no pueden castigar a todo el instituto.

—No —digo, riendo de incredulidad—. Tengo que hablar con él. Tengo que... Has dicho que nos ayudarías con la decoración, ¿verdad?

Desconcertada, Shelby asiente.

—Mmm. ¿Sí?

—¿Puedes reclutar al resto de las animadoras? —le pregunto—. ¿Y a los equipos de baloncesto?

Shelby parpadea.

—Supongo que sí...

—Bien, pues hazlo. —Me separo de ella, pero le agarro por los brazos—. Tengo que irme.

Y entonces le estampo un beso en la mejilla y salgo corriendo. En los pasillos, la canción de Emma resuena por todas partes. Es probable, es seguro, que haya gente que se está burlando de ella. Pero veo a muchas personas llorando y lamentándose. Pulsan el corazón y vuelven a mirar el vídeo.

Los carteles de papel de carnicería colgados en la pared aletean a mi paso, y cuando irrumpo en la zona de recepción, la secretaria se pega tal susto que da un bote. Ella también tiene la cara llorosa. No veo lo que hay en el monitor, pero puedo adivinarlo.

—Tengo que ver al director Hawkins.

—Iré a ver si está ocupado... —empieza, pero yo la ignoro y voy directa hacia el despacho. Veo a través del vidrio que está hablando por teléfono, así que llamo primero a la puerta. Pero entro igualmente sin esperar respuesta. Luego me apoyo contra la puerta para mantenerla cerrada. No voy a dejar que me echen de aquí, ni la secretaria ni la gente de seguridad.

Con calma, el director Hawkins le dice a la persona del otro lado de la línea que la llamará más tarde y cuelga el aparato. Con las cejas arqueadas, se reclina en la silla y abre las manos.

—Señorita Greene.

—Director Hawkins —digo, jadeante—. ¿Ha visto el nuevo vídeo de Emma?

Asiente una sola vez, lentamente.

—Lo he visto.

—Usted deja que la Asociación de Padres use el gimnasio gratis, ¿verdad?

—En efecto.

Abriendo los brazos, suelto todo lo que llevo dentro.

—Quiero utilizarlo para organizar otro baile de graduación. No solo para Edgewater. Para todo aquel que quiera venir, gratis.

El rostro del director Hawkins apenas denota sorpresa. Hay un ligero atisbo, pero luego se convierte en una preocupación más general.

—Me parece una idea estupenda, Alyssa, pero ya sabes que no tenemos fondos para prepararlo. El DJ, la comida, la decoración…

—Las animadoras ya están al corriente. Van a ayudar a montarlo todo —digo, con la esperanza de que no sea mentira—. Los chicos del equipo también. Y tengo el presentimiento de que sé de dónde podemos obtener la financiación. Solo necesito que usted diga que sí.

El director Hawkins se frota las manos.

—Es posible que la Asociación de Padres proteste.

—Muy bien —digo—. Que protesten.

—Es probable que tu madre se lo tome muy mal.

Uf, esto me golpea justo en el pecho. Es un golpe fuerte, pero no soy perfecta. Voy a dejar de intentar ser perfecta. Y eso implica enfrentarme a mi madre y meterle en la cabeza que nada de lo que hagamos va a cambiar a mi padre. Se ha ido; no va a volver. Es hora de que mi madre lo afronte. Armándome de valor, contesto:

—Es casi seguro que se lo tomará mal, señor.

El director Hawkins me estudia durante un momento que me resulta larguísimo. Parece algo mayor que cuando comenzó el curso. Le han salido más canas, tiene más marcas en el rostro. Es posible que esta persona tan adulta y sabia diga que no. Que no quiera seguir alimentando la controversia del baile. Los periodistas han empezado a volver a casa.

Pero no lo dice. Al contrario, avanza la silla hacia el escritorio. Recoge unas pilas de papeles y luego abre un cajón. Con un silencio que es una tortura, repasa con los dedos unos archivadores. Por fin, saca una carpeta y la abre sobre la mesa. Saca una única hoja, coge un bolígrafo y empieza a escribir.

—¿Director Hawkins? —digo, suavemente.

—Alyssa Greene, del consejo estudiantil —murmura para sí, mientras escribe. Entonces me mira—. ¿Y quieres reservar el gimnasio para qué fecha?

Me llevo una mano a la boca, pero a duras penas puedo reprimir un chillido.

¡Vamos a hacerlo!

23

Orgullo en nombre del amor

EMMA

Hoy voy a volver al instituto y todos me van a ver.

En primer lugar, no hay duda de que me verán las cámaras de televisión instaladas en el campo de maíz del otro lado de la carretera. Han puesto unos conos naranjas y unas vallas rayadas para contener a los periodistas, pero de todos modos salen disparados cuando bajo del coche de mi abuela. Le doy un beso en la mejilla, salgo y me giro lo más rápido que puedo. No quiero ver todos esos ojos de vidrio y perder los nervios.

Con la mochila a la espalda, me quedo mirando un instante las puertas de la entrada. Decidir que no vas a tener miedo es una cosa. Pero lograrlo realmente es… sobrecogedor. Tengo la garganta seca y el pecho tenso. Tiro de la correa de la mochila y enderezo la columna vertebral.

Este lugar no es más que un montón de ladrillos. De acuerdo, está lleno de gente a la que le pareció muy inteligente estrangular a un osito de peluche en mi honor, pero solo es un lugar. Un lugar de mi ciudad natal, donde nací, donde me he criado. Es mi lugar.

Saco el móvil y consulto Emma Canta por última vez antes de dirigirme a la batalla. La sensación mareante y turbulenta que noto en la cabeza alcanza el punto máximo al leer las estadísticas. Más de seis millones de visionados. ¡Seis millones de visionados! Seguro que hay más gente que ha escuchado mi canción que la que ha comprado el último álbum de Kanye.

Pero más importantes que las cifras son los comentarios de la gente. Tantos desconocidos que tienen historias como la mía. Me saludan desde la lejanía, dicen «lo siento», dicen «yo también», dicen «te queremos». Barry tenía razón, sí que podemos elegir a nuestra familia, y la mía está creciendo de manera exponencial.

Mi familia está llena de gente de cerca y de lejos, cuyos rostros no he visto nunca, pero cuyos corazones comparto. Personas que quieren asistir a un baile que reciba a todo el mundo con los brazos abiertos. Que solo quieren bailar con alguien, de manera romántica o no, y simplemente ser.

La mayor sorpresa es que mi nueva familia incluye a gente de mi instituto. Del viejo James Madison High en Edgewater, Indiana. Ellos también me animan y me saludan.

Curiosamente, tanto Shelby como Kevin han escrito (y el indicador muestra que han comentado con un minuto de diferencia, así que al parecer esto es una actividad de grupo), y también lo han hecho algunos de los profesores. Hasta el director Hawkins se ha aventurado a viajar por los confines electrónicos para escribir: «Estoy orgulloso de ti».

Estoy atravesando estas puertas en solitario, pero no estoy sola.

Vuelvo a meterme el móvil en el bolsillo, respiro hondo y empujo las puertas del Salón de los Campeones.

Las vitrinas de trofeos resplandecen; el comité del anuario escolar ha colocado una mesa en medio de la sala. Me invade ese extraño olor industrial que se mezcla con el olor a hormonas adolescentes. Mi cuerpo me pide dar marcha atrás y salir corriendo. Mis miembros inferiores están celebrando una fiesta del pánico que me urge a *huir, huir, huir* y no volver jamás.

Y, sin embargo, sigo adelante. Y al fundirme entre la multitud matinal, sucede algo rarísimo. La gente me mira y… me saluda.

—Hola, Emma —dice Breanna, saludándome con la mano—. ¡Me encanta tu vídeo!

—Gracias —digo, sonriendo desconcertada.

Luego la confusión se convierte en asombro, porque la gente sigue tratándome con amabilidad. Los chicos del equipo de baloncesto me saludan sin soltar una risita. Dos animadoras agitan sus pompones al pasar, cantando hoOOoola como si fuera un saludo ritual.

De repente, la presidenta del Key Club se me pone delante. Los chicos del Key Club son los pequeños y ajetreados voluntarios que organizan desayunos a base de *pancakes* para recaudar dinero para las familias necesitadas, se ofrecen para quitar la maleza de las medianas de la ciudad y ese tipo de cosas. El año pasado repintaron gratis las casas de la gente mayor. Creo, pero no estoy segura, que cuando ya son mayores se apuntan al Kiwanis Club. O se transforman en Khaleesi, madres de dragones. No lo tengo muy claro.

En todo caso, a esta chica la he visto por el instituto, es evidente, y estoy bastante segura de que se llama Dana Sklar. Pero nunca nos hemos dirigido la palabra. Nunca.

—Escucha, tienes que saber —me dice Dana, apretando los libros contra su pecho— que eres genial. El compromiso que estás mostrando hacia los adolescentes LGTBIQ en internet me parece admirable.

Por un segundo, tal vez dos, espero a que esto acabe siendo una gamberrada. Esto debe de ser la preparación y en cualquier momento vendrá el remate. Está a punto de llegar. Pero entonces, lentamente, me doy cuenta de que no bromea. Lo dice en serio.

La incredulidad deja paso a una pequeña chispa de felicidad, y respondo:

—Gracias, significa mucho para mí.

—Y, si quieres —continúa, sacándose el teléfono—, tengo un montón de información sobre recaudación de fondos y cómo organizar un evento y ese tipo de cosas. Puedo enviártela por correo electrónico.

—Sería genial —digo, y noto que me estoy poniendo roja. Esta conversación es real, no estoy alucinando. Me cuesta convencerme, pero debo admitir que todo esto es el resultado de mi vídeo. Lo he conseguido yo—. Gracias, en serio. Puedes enviarlo a enolan punto canta arroba gmail punto com.

Con el que posiblemente sea el pulgar más rápido del condado, Dana anota mi dirección en su móvil y me hace un gesto con la cabeza.

—¡Muy bien, genial! Te lo enviaré. Y si algún día quieres venir a una de nuestras reuniones, ya sabes…

Es probable que no quiera, pero ¿quién sabe? ¿Tal vez sí? Después de dedicarme unos cuantos cumplidos más, Dana desaparece entre la confusión de chicas y chicos que esperan en los pasillos a que comiencen las clases. Bajo la mirada y me doy cuenta de que me tiemblan las manos. No sé qué me pasa. ¿Tal vez sea la adrenalina? ¿Tal vez el terror? ¿Tal vez… la emoción? Lo único que sé es que siento un hormigueo en el estómago, y las hormigas se persiguen entre ellas a toda velocidad.

Cuando giro por el pasillo hacia el lugar donde está mi taquilla, veo que hay algo pegado a ella. Las hormigas se emborrachan y empiezan a arrasar con todo a medida que me acerco.

Mirad, es imposible que sea algo peor que el osito, la crema solar y la vinagreta. Este también es mi instituto. No voy a utilizar la taquilla, porque no soy estúpida, pero voy a pasar por delante. Voy a mirar.

Y cuando lo hago, me paro en seco y casi me echo a llorar. Allí mismo, en el pasillo, rodeada de gente que aminora el paso para observarme.

Alguien ha colocado un arcoíris reluciente, con nubes y un sol que asoma la cabeza, en la parte superior de la taquilla. Y debajo hay un largo trozo de papel de carnicería recortado para que parezca un manuscrito. Han dibujado incluso las vueltas en las partes superior e inferior.

En el papel, con buena caligrafía, alguien ha escrito la letra de mi canción. Alguien del instituto se ha sentado a escuchar la canción el tiempo suficiente como para escribir la letra entera. Y luego la ha escrito con bonitas florituras en este pergamino falso y ha dibujado notas musicales alrededor y espolvoreado el papel con brillantina.

Me tapo la boca, porque noto que las lágrimas amenazan con salir. Consciente de que la gente me mira, me las apaño para mantener ahí la mano. Y cuando los miro yo a ellos, veo que están sonriendo. Aquí están, compartiendo el momento conmigo.

Sutilmente, me muerdo la punta del pulgar. Muy fuerte. Tan fuerte que pienso: «¿Qué demonios haces, Emma?». Pero la recompensa es una sacudida de dolor que significa: «Sí, estoy despierta». Esto está pasando en realidad. Como no tengo ni idea de quién ha sido, comparto los agradecimientos con la gente que me rodea. Con los que están lo bastante cerca.

En mi interior, casi desearía que alguien se acercara a insultarme. Porque eso sería lo normal. Es lo que espero, no tantas amabilidades. No que me acepten. Es bastante aterrador tener que aceptar que tal vez mi canción (vale, y también en cierta medida las maniobras de Barry y Dee Dee) puede haberlos cambiado de verdad. Es imposible que haya afectado a todos; tengo que ser realista, lo sé. Pero, Dios mío, ha cambiado a algunos.

Es un momento muy frágil y yo me siento torpe. Pero lo retengo en el corazón. Con cautela, con suavidad. Abrirme es la cosa más difícil que he hecho nunca, pero levanto lentamente la cabeza y me quedo allí, sintiéndome más yo misma que nunca antes. Cuando miro a mi alrededor, miro a la gente a los ojos. Soy Emma Nolan, de Indiana, lesbiana y ser humano.

Y estoy orgullosa de todo ello.

24

Volver a empezar

ALYSSA

Oigo sus voces antes de verlos a ellos. Seguro que a mucha gente le ha pasado esto con el señor Glickman y la señorita Allen. Pero, por muy ruidosos que sean, me alegro de que hayan aceptado mi invitación.

—Me parece increíble que volvamos a estar en este sitio —dice la señorita Allen—. En mis memorias, titularé este capítulo como «El día de la marmota».

El señor Glickman replica de inmediato.

—Creía que ese iba a ser el capítulo que hablaría de tus maridos.

Entre pulla y pulla, oigo una voz grave y razonable. Debe de ser el director Hawkins, y estoy contenta de que también haya venido. No porque dudara que no fuera a venir, sino porque el señor Glickman y la señorita Allen me ponen nerviosa y me alegro de no haberme quedado nunca a solas con ellos. En el fondo son buenas personas, lo que me asusta son todas esas gesticulaciones.

Cuando entran en el gimnasio los saludo desde mi mesa,

cuidadosamente preparada. Hay un ordenador portátil, un proyector, una pila de folletos y un diorama. Tal vez el diorama no fuera necesario, pero no había hecho ninguno desde séptimo curso (*Escena en Gallows Hill, Salem, 1692*) y se me dan bastante bien.

—Hola, gracias por venir. ¡Hola!

A mi lado, el antediluviano ordenador portátil del instituto empieza a zumbar. Espero que no estalle antes de que termine mi presentación; rezo rápidamente una plegaria silenciosa a la tecnología. Luego ofrezco mi sonrisa más radiante a los adultos que se acercan. Los tacones de la señorita Allen repiquetean sobre el suelo de madera de un modo que, sin duda, provocaría un ataque en el entrenador Strickland.

Va vestida con uno de sus miles de trajes de chaqueta con pantalón, y yo empiezo a respetar la minuciosa atención que dedica a su *look*. Este no lleva lentejuelas, pero la tela roja está cosida con hilo de plata. Me quedo maravillada al ver que las suelas de los zapatos también son de color rojo sangre. Probablemente sea el primer par de Louboutins que ha pisado nunca la superficie de Edgewater, Indiana.

El señor Glickman va más informal, con americana y corbata, y al acercarse entorno los ojos para ver mejor el dibujo de la corbata. Pequeños contornos de cabello... no, ahora lo pillo. Pelucas. Pelucas de todas las clases y tamaños, engalanadas con un elegante dibujo de rejilla.

Están tan fuera de lugar que me entran ganas de reír, y, sin embargo..., casi parece que este ya no sería nuestro hogar si se fueran. Los recibo con la mano tendida.

—Hola, soy Alyssa Greene, la presidenta del consejo estudiantil. Gracias por venir. Gracias, gracias por venir; gracias, director Hawkins.

En cuanto digo mi nombre, el señor Glickman adopta una actitud glacial. Me mira por encima del hombro y se cruza de brazos. Bueno, veo que alguien en esta sala está al corriente de que soy la exnovia. No me importa, seguro que todo el mundo lo va a saber dentro de un par de minutos.

Les paso copias del orden del día y ellos repasan la página. Hay mucho espacio en blanco, para facilitar una lectura rápida. La señorita Allen grazna al llegar a la mitad, pero el director Hawkins le pone la mano (¡qué familiaridades!) sobre el hombro y dice:

—Por favor, escucha lo que tenga que decir.

Con el ratón, avanzo mi PowerPoint hasta la primera imagen. Es una instantánea del vídeo de Emma, en el que canta y comparte su objetivo de celebrar en el futuro un baile de graduación para todo el mundo.

—Hasta esta mañana, más de seis millones de personas han visionado el vídeo de Emma hablando de un baile abierto e inclusivo.

El señor Glickman resopla.

—Este vídeo me alucina. Es mejor que el del tío que se reencuentra con el león al que había criado de cachorro.

—No saques el tema —dice la señorita Allen, resoplando también—. No puedo ni pensar en él.

Emocionado, el señor Glickman se asoma a la pantalla donde aparece la cara de Emma. Tiene los ojos brillantes de lágrimas y se abanica la cara.

—Dijo que tenía un plan, y miradla. Esta chica es muy inteligente.

Sé que, si no le corto, tardaré siglos en terminar mi exposición. Y no dispongo de tanto tiempo. Shelby y Kevin acaban de entrar en el gimnasio y se sientan sigilosamente en las gradas. Algunos de los jugadores de los Golden Weevils también están entrando, junto a su cohorte de animadoras, muchas más de las que yo había esperado, en realidad. (¿Una ausencia notable? Kaylee y Nick.) Todos se instalan y murmuran entre ellos.

No capto lo que están diciendo, pero no es importante. Alzo la voz y, por suerte, se oye bien en el gimnasio mayoritariamente vacío.

—Emma está pidiendo una cosa, y creo que podemos hacerla realidad. No el año que viene, sino este año.

Clicando frenéticamente el ratón, sigo adelante, intentando no fijarme en los rostros del señor Glickman y la señorita Allen. Si presto demasiada atención a las reacciones, no podré explicarlo todo.

—Como todos sabéis, el instituto no tiene un presupuesto para fiestas y tradicionalmente la financiación llega de fuentes externas. De momento, he conseguido que nos cedan gratis el gimnasio de la escuela para poder celebrar en él el evento. Incluso he creado un diorama para mostrar el posible diseño del baile. Y dispongo de un equipo de alumnos preparados para ayudar a decorarlo todo. ¿Shelby? ¿Kevin?

Se levantan, y saludan y aúllan desde las gradas.

—Lo que nos falta, señorita Allen, señor Glickman, es dinero. Podría crear una campaña de micromecenazgo y, con la cantidad de visitas que está obteniendo Emma con su vídeo, es probable que consiguiéramos el dinero necesario a tiempo para celebrar un baile el próximo otoño. Pero no quiero que se celebre el próximo otoño. Quiero celebrar ese baile este año, en este lugar, dentro de dos semanas.

El señor Glickman ha pasado del hielo al fuego. Está vibrando de emoción.

—Es la hora de Mickey y Judy. Montaremos este baile con sangre, sudor y lágrimas, si es necesario.

—Un momento —dice la señorita Allen—. Si nos atenemos a esta frase tan bonita que pone aquí, ¿estamos hablando de quince mil dólares?

Aunque me tiemblan las piernas solo de oír la cifra en voz alta, asiento con la cabeza.

—Lo he calculado todo. Eso cubre a un buen DJ de Evansville, un *catering*, la decoración, un fotógrafo y suvenires.

El señor Glickman levanta la mano.

—¿De cuánto estaríamos hablando si lo hacemos a lo grande? Nada de balas de paja ni de vacas recortadas. Un baile de primera clase, merecedor de un Tony.

—Si a todo lo que ya he mencionado, le sumamos iluminación, efectos especiales, flores y decoración profesional, calculo unos treinta mil dólares.

La señorita Allen casi se desmaya.

—Jesús.

Sin dudarlo, Barry se lleva la mano al bolsillo de la pechera y saca la cartera. Me entrega una tarjeta de crédito, negra, muy gastada por los bordes.

—Ahí hay quince mil dólares —dice—. Es mi límite. Es una larga historia, pero tuve que declararme en bancarrota después de mi arriesgada y autoproducida nueva versión de *Peter Pan*.

El director Hawkins parpadea.

—Eso es mucho dinero. ¿Está seguro?

—Escuchadme bien —dice Barry, alzando la voz para que los chicos de las gradas puedan oírlo también. No le prestan demasiada atención, pero si lo hicieran, le oirían perfectamente—. La teoría no sirve de nada si no se lleva a la práctica. Esto es algo concreto. Esto es una compra. Este es el estilo americano.

Asintiendo lentamente, el director Hawkins se saca la cartera.

—No es demasiado, pero puedo poner dos mil.

—Gracias —digo, cada vez más emocionada. Se va a celebrar. Ya tenemos suficiente para la versión casera del baile, o sea que se va a celebrar, pase lo que pase. En ese momento, los tres (el señor Glickman, el director Hawkins y yo) miramos con expectación a la señorita Allen.

Esta se pone rígida y nos devuelve la mirada.

—¿Qué? —dice por fin.

—Vamos, Dee Dee —la adula Barry—. Sé que tienes una AmEx ilimitada.

El director Hawkins la mira a los ojos.

—Sé que quieres hacerlo. ¿Y todas las charlas que hemos tenido mientras almorzábamos? Sé que quieres hacer lo correcto.

¿Ha habido charlas? ¿Charlas, en plural? Al parecer, sí, y al mirar a la señorita Allen, me quedo maravillada.

Su rostro, siempre tan estudiado y perfecto, de pronto se suaviza. Nunca se lo diría, porque creo que le rompería el corazón, pero por un segundo vislumbro a la señorita Allen ser humano y no a la señorita Allen estrella. No es que no sean la misma persona, pero una de las dos facetas atrae todos los focos, y la otra… no tanto.

La estrella reaparece y echa mano al bolso. Saca una tarjeta de crédito del monedero como si sacara una pistola de la cartuchera, y me la pasa.

—Dios mío, ¿por qué cuesta tanto dinero ser buena? Vamos. Tómala.

En este momento siento que podría atravesar el techo volando. Noto fuegos artificiales y burbujas de champán. Me siento como un cometa que pasa por el cielo a toda velocidad. Hay aplausos y vítores, pero, en mi efervescencia, apenas los oigo. Lo que sí oigo es la voz de mi madre por encima del barullo.

—Alyssa Greene, ¿qué significa esto?

Rápidamente, avanzo la diapositiva de la presentación. He rellenado el pase con algunos datos extras por si ellos (tos, la señorita Allen, tos) hubieran sido reticentes a hacer donaciones. Ahora noto un nudo en la garganta. La expresión de mi madre es aterradora. Observa en la pantalla la imagen con la frase BAILE PARA TODOS escrita en grandes letras mayúsculas. Ve la fecha, la hora, las distintas banderas que hay debajo. Y me ve a mí, plantada junto a la pantalla, tal como lo había planeado. Mi madre es incapaz de resistirse a un encargo relacionado con la Asociación de Padres y le dije que se trataba de eso para que no fallara.

—Señora Greene… —dice el director Hawkins, pero yo le interrumpo.

—Déjeme hablar a mí —digo, con más confianza de la

que siento. Doy unos pasos hacia ella y me desprendo de la culpa, porque no soy la hija perfecta. Me desprendo del miedo, porque no puedo cambiar quién soy, y lo va a descubrir más pronto o más tarde. Y me desprendo de la responsabilidad, porque soy yo la menor de edad. Ella es la madre. Mi tarea no es cuidar de ella; se supone que ella debe cuidar de mí.

—Espero de veras que haya una explicación —dice mi madre, señalando con furia a la pantalla.

Detrás de mi madre, veo una sombra en el umbral de la puerta. Conozco esa silueta. La reconocería en cualquier parte, y me alegro de que mi nota la haya hecho salir de clase justo a tiempo, porque merece ver esto. Me enderezo, me acerco a mi madre y le tiendo la mano. Ella no la toma, y eso me duele, pero no me va a detener.

—Mamá, te quiero mucho. Y te estoy muy agradecida, por todo lo que haces por mí. Por todo lo que has hecho desde que papá se fue.

—¡Alyssa! —murmura ella, escandalizada.

He pronunciado en voz alta la verdad de la que nunca hablamos. Pero esto solo es el principio:

—Y sé que esto también va a ser difícil para ti. Pero, mamá, soy gay. Siempre he sido gay. Y para responder a las preguntas que sin duda me querrás hacer, te diré que nadie me ha hecho nada. Nadie me ha hecho daño. Tú no hiciste nada mal. Esta soy yo, y estoy orgullosa de serlo. Tú lo sabes todo de mí, y ha sido muy duro ocultarte precisamente esto. Demasiado duro. Ya no puedo más. Mamá, soy gay.

Mi madre se echa a reír, pero la risa suena tensa y llena de ansiedad. Mira rápidamente en todas las direcciones, calculando la cantidad de gente que está presenciando la escena, la cantidad de testigos de su humillación. Veo cómo lucha por controlarse. Por parecer perfecta, por estar perfecta. Se obliga a sonreír y vuelve a susurrar:

—Alyssa, ya es suficiente.

Negando con la cabeza, añado:

—No. Lo he aplazado ya demasiado tiempo. Y he hecho mucho daño a alguien a quien quiero mucho, hasta el punto de que no espero que pueda perdonarme. Yo iba a ser la pareja de Emma Nolan en el baile de graduación, mamá. Íbamos a ir juntas y la dejé plantada.

Ahora mi madre se echa a llorar.

—Basta. Basta. Alyssa, lo siento mucho, pero tú no eres así. No sé lo que sientes, pero no es real. Eres joven y estás confundida.

—No estoy confundida. Estoy enamorada.

Mi madre da una patada al suelo y lanza un dedo acusador al señor Glickman y a la señorita Allen.

—Todo esto es culpa suya. Te están metiendo ideas en la cabeza y me obligan a mí a ser una persona que no quiero ser. Eres joven e influenciable, y ya estoy harta. Esto se acaba ahora mismo.

Por primera vez desde la aparición de mi madre, el señor Glickman interviene.

—Si no la deja ser como es, la perderá.

—¿Disculpe? —dice mi madre con acidez.

Barry se le acerca y habla con una voz grave y desconsolada.

—Me refiero a que irá a la universidad y se olvidará de escribir. Se trasladará a otro estado y le enviará tarjetas para el

Día de la Madre. Durante un tiempo volverá a casa por Navidad, hasta que tenga que elegir entre la familia que habrá creado y la familia que no la acepta. Y muy pronto usted empezará a contar los meses que pasan entre llamada y llamada. Los años que pasan entre visita y visita. Hasta que un día se preguntará por qué su querida hija se fue y no volvió nunca más.

—No creo que… —dice mi madre con aspereza, pero el señor Glickman le coge la mano.

—Créame, señora Greene. Lo sé perfectamente.

El gimnasio está sumido en el silencio, aparte de algunos sollozos procedentes de las gradas. Echo un vistazo y veo que Shelby esconde el rostro contra el pecho de Kevin. Las animadoras se agarran las unas a las otras y…, bueno, los jugadores de baloncesto se remueven inquietos. Los milagros son limitados.

Mi madre mira al señor Glickman y luego se vuelve hacia mí. Y ahí está: la cara que tanto temía, la que muestra cada una de las decepciones y las heridas que ha sufrido en los últimos años. Los cabellos plateados que la tragedia ha puesto ahí, las marcas provocadas por mí. Pero en vez de levantar la voz, mi madre se recompone y se seca las lágrimas.

—Esto no es lo que había soñado para ti —dice—. Esto va a hacer que tu vida sea mucho más difícil, en muchos aspectos. Y es lo último que hubiera querido. La razón por la que me he esforzado tanto para que volviera tu padre es que pudieras tener la vida que te mereces. El mundo no es un lugar indulgente, Alyssa.

Estoy temblando.

—Lo sé. Pero eso no cambia quién soy.

Mi madre me toma la cara entre las manos. Las noto frías

sobre mi piel, pero sus ojos son cálidos. Me busca la cara y luego suspira.

Cada músculo de mi cuerpo está tenso, a punto de quebrarse. ¿Es ahora cuando va a abandonarme? ¿Estoy a punto de perder a mi madre para siempre? Permanezco tan inmóvil que me resulta doloroso y, mientras tanto, intento desesperadamente leer sus pensamientos más allá de la expresión de sus ojos.

Tarda un momento en encontrar la voz. E incluso entonces prefiere mirar al suelo. Creo que intenta hallar las palabras adecuadas. Por fin, dice lentamente:

—Alyssa, tú eres mi niña. Mi regalo de Dios. Mi tesoro más preciado.

Intento permanecer quieta, pero me retuerzo por dentro. Sigo sin saber si esto es un hola o un adiós.

—Mamá…

Me levanta el rostro. Sus uñas de manicura perfecta me acarician las sienes y con los pulgares me resigue las mejillas. Entonces, por fin, me da un beso en la frente.

Me invade su perfume y un millón de recuerdos vienen a mí: cuando hacíamos galletas por Navidad; cuando nos acurrucábamos bajo una manta y contemplábamos la primera nevada del año; cuando la despertaba en plena noche porque tenía una pesadilla y me encontraba tan segura entre sus brazos que el miedo se desvanecía.

Ahora, en este mismo momento, mi miedo se desvanece también al oírla decir:

—Te quiero.

Agarrada a ella, suspiro:

—Yo también te quiero.

Me da un abrazo, un abrazo demasiado corto, y se separa. Me sostiene la mirada, retrocede y dice con sinceridad:

—Ya hablaremos esta noche.

Entonces se da la vuelta y se aleja. Con la cabeza alta y los tacones repiqueteando con seguridad sobre el suelo del gimnasio. La postura es impecable y se recoloca un mechón de pelo con un gesto elegante. No vacila; no mira atrás. Sabe que no debe hacerlo. Ha dicho lo que ha dicho. Me quiere, y hablaremos esta noche.

De pronto, algo me golpea como una oleada. Como un trueno. Me tambaleo sobre mis piernas inestables, intentando recuperar la sensatez y el equilibrio al mismo tiempo.

Mi madre lo sabe.

El secreto se ha desvelado. Basta de mentir, basta de fingir. A partir de ahora, cuando me mire, verá a la persona que soy en realidad. Todavía no tiene palabras para describirlo, pero ya lo sabe.

Y, por muy improbable que parezca, todavía me quiere.

25

Julieta con Converse

EMMA

La señora Greene pasa por mi lado envuelta en una nube de azufre y Chanel N.º 5 de imitación.

La última vez que vi una espalda tan recta, estaba sentada en la consulta del médico, mirando el pequeño modelo anatómico que la doctora tiene en la estantería. Hay que reconocer que la señora Greene es un ejemplo modélico de caja torácica vertical. No hace falta decir que dudo que me vayan a invitar a la cena de Acción de Gracias de la familia Greene.

Pero todas estas bromas son un duro y pesado escudo para protegerme del sentimiento de vulnerabilidad que me atenaza. La nota del despacho que me ha hecho acudir al gimnasio era muy rara, pero he llegado a tiempo para oír cómo Alyssa salía del armario delante de su madre y de una pantalla donde relucen las palabras UN BAILE PARA TODOS.

Veo a Barry y a Dee Dee plantados junto al director Hawkins, y por alguna extraña razón la mayoría de los Golden Weevils matan el rato en las gradas. Parece un sueño que tuve una vez, con la diferencia de que no voy desnuda y el gimnasio no es el China Garden de la carretera I-69.

Entro en la sala cautelosamente. Mis botas retumban con un estruendo grave al acercarme a Alyssa. En cualquier instante espero que estalle una oleada de risas o de burlas desde las gradas, pero eso no sucede. En cambio, Alyssa se me acerca con las manos juntas, casi como si estuviera rezando.

Sé que hemos roto, pero eso no significa que mi corazón rebelde haya dejado de amarla. Es imposible.

Esta es la chica que flirteó conmigo en el picnic de la iglesia. La chica que me enviaba fotos de nutrias en plena noche y me susurraba palabras de amor al oído. Esta es la chica que tuvo la valentía de besarme primero, cuando yo todavía estaba intentando descubrir si le gustaba o si le gustaba de verdad.

Hay mucha historia escrita en nuestra piel, muchas primeras veces que siempre nos pertenecerán solo a nosotras. Eran secretas y eran nuestras, y eso no se desvanece en un instante. Es imposible. Puedes renunciar a algo tan real y monumental, pero no deja de existir.

Y por eso mi corazón da un saltito, impulsado por un raro optimismo y una esperanza, pero por si acaso no me separo del escudo. Amarla con tanta fuerza significa que puede herirme con una sola palabra. Debo protegerme, porque sus delicadas manos siguen teniendo mucho poder.

Como prueba de ello, Alyssa se detiene apenas a un metro de mí, y su expresión penetra mi escudo con facilidad. En cuanto se acerca, siento la necesidad de rendirme. De lanzarme entre sus brazos y volverla a abrazar. La urgencia es tan fuerte que juro que ya noto la calidez de su cuerpo y la suavidad de su piel.

«No puedes», me digo a mí misma. «No lo hagas.»

Sus ojos oscuros brillan bajo la tenue luz y su sonrisa dubitativa resplandece. Veo cómo traga saliva, nerviosa, y aprieta los dedos todavía más fuerte.

—¿Qué es todo esto? —pregunto. Según mi abuela, quien habla primero pierde la vez, pero no parece que hoy nadie vaya a perder nada. Sé que Alyssa sabe a qué me refiero, pero de todos modos señalo a la pantalla, al equipo y al… ¿qué es eso? ¿Un diorama? Bueno, no importa.

Alyssa se coloca un largo remolino de pelo oscuro por detrás de la oreja, y dice:

—Es para ti.

—No lo entiendo —replico. Aunque creo que sí que lo entiendo, quiero oírselo decir.

—Pediste un baile en el que todo el mundo fuese bienvenido y así lo vamos a conseguir. Tenemos financiación, gracias al director Hawkins, a la señorita Allen y al señor Glickman; y tenemos un comité listo para llevarlo a cabo, gracias a Shelby y a Kevin. Tenemos fecha y hora, y espero que nos ayudes a que corra la voz.

Esto es demasiado. Tengo el cerebro tan repleto de estímulos que está dando golpes contra el cráneo. ¿Mi exnovia recién salida del armario y un par de estrellas de Broadway torpes van a hacer esto realidad? La mía era una idea insignificante que con suerte se iría desarrollando con el tiempo. Un proyecto ilusionante que tal vez acabaría tomando forma.

No esperaba que todo sucediera tan rápido ni que sucediera de este modo. Y, sinceramente, lo que menos esperaba es que alguien lo hiciera por mí.

Mis labios, los labios que han besado a Alyssa mil veces, están entumecidos. Apenas se mueven al hablar.

—¿Y tu madre?

Alyssa asiente.

—Era el momento. Lo he hecho por mí, pero quería que lo vieras. Era lo mínimo que te merecías.

Cada vez me resulta más difícil estar tan lejos de ella. Mis pies dan un paso adelante sin mi permiso.

—¿Estás bien?

Alyssa duda, como si quisiera hacer un inventario mental antes de responder. Pero luego sonríe suavemente y asiente.

—Sí, estoy bien. Me temo que tendré que explicar mil veces las otras letras del arcoíris en las próximas semanas, pero sí. Estoy… muy bien.

—Me alegro por ti —digo, en lo que parece más bien un susurro.

De pronto, Alyssa se echa hacia delante y me coge las manos. Me rodea con los brazos y me atrae hacia sí. Apretada contra ella, juro que noto el latido de su corazón contra el mío, y me pongo a sudar. Es un poco más baja que yo, de modo que cuando se inclina, su nariz descansa contra la mía, y sus ojos se levantan para mirarme. Y me atraviesan.

—Te quiero —dice con la voz áspera de emoción—. Y siento mucho lo ocurrido. Nada de esto habría sucedido si yo hubiera hablado claro.

Sus disculpas hacen que algo florezca en mi interior. Mi corazón bombea calor hasta los últimos poros de mi piel. He deseado oír y creer en una disculpa desde la noche del baile de graduación, pero ahora creo que se responsabiliza de demasiadas cosas. Me siento como ella. Llena de perdón, pero también llena de razón. Le aprieto las manos y muevo la cabeza.

—No permitiré que te culpes por cosas que no has hecho, Alyssa. Solo tienes que decir «Siento haberte dejado plantada».

—Siento haberte dejado plantada —susurra, y su aliento caliente me roza los labios.

Acepto las excusas y me las guardo en lo más profundo de mi ser. Y entonces resulta fácil pronunciar las palabras que ella también merece escuchar.

—Siento no haberte creído y siento haberte presionado tanto. Cada persona tiene derecho a salir del armario en su momento y a su manera.

Desde la otra punta del gimnasio, Barry grita:

—¡Y nosotros también lo sentimos!

Alyssa y yo nos echamos a reír y nos giramos para mirarlo.

—¿Por qué?

—Por haberos utilizado —dice, y Dee Dee asiente—. Nos pusieron a parir en el *New York Times*. Dijeron que éramos narcisistas, en letras muy grandes. Y supongo que nos hirió porque tenían razón.

Todo esto es muy raro. En serio, vuelvo a preguntarme si no estaré soñando. En ese caso, sería un sueño genial.

—¿Acaso no son narcisistas todos los actores?

Echando la cabeza hacia atrás, Dee Dee responde:

—Sí, pero nosotros somos unos narcisistas de primera categoría.

—Necesitábamos una causa que nos diera credibilidad.

Conseguir algo de buena prensa. Pensamos en construir casas con el proyecto Hábitat para la Humanidad…

—Pero no tenemos ni idea de construir —le interrumpe Dee Dee—. Tal vez no seamos los mejores seres humanos del mundo. Pero llegamos aquí y te conocimos a ti, a tu pueblo… y, de pronto, la mala crítica ya no nos importó tanto. Pero lo cierto es que sí, vinimos aquí por una mala crítica.

Entonces, con calidez, con más calidez con la que nunca la he oído hablar, mientras (¡alerta!, ¡alerta!, ¡alerta!) coloca su mano en la del director Hawkins, Dee Dee dice:

—Pero nos quedamos por ti.

Desde las gradas, Shelby se levanta:

—Y nosotros también lo sentimos, Emma. ¿Verdad, Kevin? —Pese a ser tan poca cosa, Shelby lo levanta como si fuera un cachorro travieso. Él asiente con énfasis, y es recompensado con un abrazo muy tetudo. Enzarzada en el cuerpo de su novio como si fuera una yedra, Shelby continúa—: ¡Mereces tener tu baile, como todos los demás!

—Creía que me odiabas —digo, enredándome yo también en el cuerpo de Alyssa—. Creía que todos me odiabais.

—Y así era; Kaylee todavía te odia —dice Shelby, amablemente. Luego mira a Barry—: Pero Mr. Pecker se apuntó a la juerga del Walmart y dijo cosas que nos hicieron pensar. Es un buen profesor.

Barry hace una pequeña reverencia a la vez que dedica un gesto despreocupado a Shelby, como diciendo: «No, no, por favor, esto es demasiado, eres demasiado amable». Me asombra esta capacidad para llevarse el mérito y fingir que es humilde a la vez. Es como una especie de superpoder.

No sé qué hacer con este momento. Históricamente, nada en mi vida había salido tan bien. Es difícil creer que tantas personas hayan cambiado de actitud a causa de una canción y, al parecer, de una aparición estelar en el aparcamiento del Walmart. Tendré que preguntar sobre este tema más tarde, para asegurarme.

En vez de jactarme, o de bromear, o de nada parecido, me limito a ser honesta. Abrazada a Alyssa, me giro y le digo:

—No sé qué decir.

—Bueno —dice ella, tímidamente, un poco cohibida—, se va a celebrar un baile…

Siento un hormigueo en mi interior.

—Ajá.

La pregunta no llega; ni siquiera termina la frase. En vez de esto, Alyssa, con su voz aflautada y una sonrisa dubitativa, empieza a cantar: «*Solo quiero bailar contigo, dejar que el mundo se funda a nuestro alrededor y bailar contigo…*».

Y entonces, a mi alrededor, surgen voces que cantan mi canción. Shelby se balancea con Kevin, y no hay nadie en las gradas que afine bien, pero todos se saben la letra. Oigo cómo Barry y Dee Dee elevan sus voces, tratando de superarse el uno al otro a la hora de expresar sus sentimientos. Es probable que el director Hawkins también esté cantando, pero ahora que Dee Dee y Barry se han puesto en serio, es imposible distinguirlo.

Todos cantan mi canción. Cantan mi letra y mi corazón. Con cada nota, siento como si me estuviesen desarmando, me frotaran a base de bien y me volvieran a armar. Hay una parte de orgullo, por supuesto, por haber creado algo que de pronto adquiere una vida independiente de mí.

Pero, sobre todo, es una conversión. Me siento como nueva, por primera vez en años. Me siento especial, me siento vista y querida. Haber salido del armario en Edgewater, Indiana, es ahora algo que no había sido nunca: bonito.

La cabeza me da vueltas, y lo único que puedo hacer es mirar fijamente y con incredulidad al resto de la gente y fundirme en los ojos de Alyssa cuando la miro. Aquí estoy, de nuevo entre sus brazos. De nuevo en el lugar que me pertenece, porque encajamos sin dejar apenas un espacio entre las dos. Mi dolor, mi resentimiento y mi frustración arden como aves fénix. Ahora son felicidad, emoción y expectación.

Alyssa libera las manos para poder colocarlas sobre mi cara. Con los pulgares repasa la curva de mi labio inferior; sus uñas me rascan con delicadeza las mejillas. Su calor me penetra, y me encuentro desesperadamente atrapada en su mirar. Su cuerpo se eleva y se estrecha contra el mío a cada aliento. Mi melodía vibra a través de ella y la nota más alta reverbera en sus brazos. Esta es la petición para asistir al baile más épica de la historia. Un momento incomparable, sin discusión, un récord que quedará para siempre.

Cuando las voces se apagan, pronuncio el nombre de Alyssa, maravillada. Nunca quise separarme de ella, solo creí que debía hacerlo. Ahora siento que nunca debo volver a dejarla marchar. Me arden las mejillas y me temo que tengo las palmas de las manos sudadas, pero aun así me agarro a ella.

De pronto, Shelby y las animadoras empiezan a corear, como si fuera un cuento hecho realidad:

—¡Que se besen, que se besen, que se besen!

—Un beso significa sí —me advierte Alyssa.

Advertencia captada. Por eso la tomo entre mis brazos y la levanto del suelo, apenas tres centímetros, y la beso hasta que ya no vemos nada más allá de nosotras dos, el límite de la eternidad y el fin del mundo.

. . . .
. . . .

26

Montemos un espectáculo

ALYSSA

Es una gran suerte que el señor Glickman y la señorita Allen hayan donado tanto a la causa.

En cuanto Emma subió un *post* sobre el nuevo baile en su canal, nos vimos inundados por las peticiones de entradas. Va a venir gente de todo Indiana y muchos más de fuera del estado. Illinois, Ohio, Kentucky…; todos van a venir aquí, de modo que tuvimos que ponernos en modo creativo.

El baile no se celebrará solo en el gimnasio; se ampliará también al aparcamiento del instituto. Hemos acordado el recinto entero y hemos alquilado unas enormes marquesinas blancas con ventanas de plástico. Desde una punta de la tienda, agito lentamente las manos mientras el equipo de baloncesto desenrolla cuatro de las alfombras más grandes que he visto en mi vida. Gruñen y resoplan mientras van extendiendo los rollos hacia mí.

—Muy bien —digo cuando terminan de patear los bordes enrollados para alisarlos—. Lo siguiente que necesitamos son mesas de cóctel. Si seguís el mapa que he dibujado, las encontraréis justo donde deben estar. ¡Gracias!

Camino a paso rápido hacia las puertas abiertas del gimnasio para mirar al interior. Shelby ha conseguido que todas las animadoras participen, incluyendo las del equipo júnior de la escuela secundaria. La gente del Key Club está aquí, así como los de la National Honor Society y la mayor parte del coro, y me complace ver que el resto del consejo estudiantil ha venido también.

Necesitamos manos extras, sobre todo porque el señor Glickman pidió, entre comillas, algunos favores, y dos días más tarde unas cajas enormes llegaron a la escuela. En lugar de papel de crepe y banderines de plástico, las cajas rebosaban de unas enormes y preciosas láminas de tela azul claro que usamos para adornar el gimnasio y el escenario. Había también dos cajas de cartón llenas de mariposas de papel de aluminio que aletean cuando las cuelgas de los cordeles invisibles de nailon.

Haciendo juego, hay unas lamparitas de mesa bañadas en oro bruñido y cuerdas gruesas de guirnaldas parpadeantes que se atan a unas lámparas de pie que dan muchísima luz.

Finalmente, hay unos marcos enormes con pintorescos paisajes de ciudades pintados. Llevan ruedas, de modo que pueden trasladarse con facilidad, y en la parte posterior tienen unas repisas para las luces, de modo que las ventanitas van a resplandecer a base de bien la noche del baile.

—Hace años que *How to Succeed* no se representa en Broadway —explicó el señor Glickman a quien quisiera escucharlo—. ¡No echarán de menos el decorado!

Hablando del señor Glickman, ahora mismo está siendo el centro de atención en un extremo del gimnasio. Sentado en una silla plegable, habla de sus incontables éxitos en Broadway mientras hincha un globo con helio. Cuando lo ha llenado del todo, lo pasa a un grupo de chicos de los FAMA para que le hagan el nudo.

Luego van a parar a una caja gigante donde centellean los colores perlados y pastel del arcoíris. Vamos a meterlos en una red y a colgarlos del techo, de modo que cuando suene la última canción de la noche, tiraremos de la cuerda y bajarán flotando hasta la pista de baile. Como final es un poco cursi, pero el director Hawkins ha rechazado los cañones de confeti.

La señorita Allen tiene mucha mano para los arreglos y los adornos. De vez en cuando, llama bruscamente la atención de alguien dando palmas o pateando el suelo con uno de sus tacones. Luego se pasea por los espacios libres que hay entre las mesas. Con manos resueltas, señala lo que hay que hacer. Sus ayudantes, principalmente chicos del equipo de baloncesto, la siguen y cambian de sitio mesas y sillas hasta que queda todo en perfecto equilibrio. Sería impensable que ella en persona levantara una mesa.

Apostado en la puerta, el director Hawkins supervisa y firma las entregas. Hasta ahora, ha aceptado dos cajas de tarjetas de recuerdo, un palé lleno de llaveros con banderas gais en múltiples orientaciones, varios miles de alfileres para poner el nombre, y ahora está repasando la factura del *catering*.

Como van a venir chicos y chicas desde muy lejos, quisimos asegurarnos de que estuvieran bien atendidos y alimentados. Los responsables de los *caterings* están instalando enormes bandejas donde se colocará la comida del bar de tacos. Hemos preparado tres pasteles de hojaldre gigantes, té helado, agua con hielo y, sí, ponche con polvo azucarado y galletas. Me niego a abandonar las tradiciones.

Mientras todo va tomando forma, permanezco en medio del gimnasio con el portapapeles y asimilo lentamente lo que me rodea. Todo parece perfecto; es como un sueño hecho realidad. Una de las mujeres de la tienda de iluminación para fiestas coloca una escalera de mano a mi lado. Observo cómo se encarama y levanta una enorme bola de discoteca dorada sobre su cabeza.

Cuando ya la ha asegurado, su ayudante enciende las luces. Las partículas de oro danzan por el suelo y a lo largo de las paredes. Con un brillo cambiante y parpadeante, parece que las mariposas cobren vida. Desde el punto más alejado del gimnasio, el DJ inunda el local con un zumbido mecánico y luego nos obsequia con algo de Ariana Grande a todo volumen.

La explosión de música no me ha sobresaltado, pero las manos que de pronto me rodean la cintura sí que lo hacen. Aliviada, me echo hacia atrás y me hundo en el cuerpo de Emma para anclarme y mirarla por encima del hombro.

—No deberías estar aquí —la riño—. Da mala suerte ver el baile antes de la noche del baile.

Ella me da un beso en el cuello y me atrae hacia sí.

—Te prometo que no estoy mirando. Pero no necesito verlo para saber que todo está fantástico.

Me echo a reír.

—Va tomando forma. ¿Cómo van las entradas electrónicas?

Emma ha puesto hasta ochocientas invitaciones disponibles *online*, y la última noticia era que un sesenta por ciento ya estaban reservadas. Fue la manera más justa y realista que se nos ocurrió para invitar a todo el mundo, teniendo en cuenta que no tenemos un espacio ilimitado.

—Se han agotado —responde—. He llamado al Comfort Inn y me han confirmado que está casi lleno. La gente va a venir, Alyssa. Lo estamos consiguiendo.

Antes de que pueda responder, aparece mi madre. Es la última persona que esperaba ver. Tal como me prometió, hablamos la noche en que salí del armario. No fue fácil; sigue sin entender por qué no me conformo con salir con chicos. Por qué no puedo esconder mi condición bajo la alfombra y ser normal. Hace semanas que no va a la iglesia porque no sabe qué decir sobre mí.

Pero también me dijo que se sentía orgullosa de mí, a pesar de los pesares. Orgullosa de la mujer en la que me estaba convirtiendo. Orgullosa de que defendiera mis principios. (Por supuesto, no le gustaba que los hubiera defendido contra ella, pero tenemos que ir paso por paso.)

También hablamos mucho de mi padre. Por fin ha comprendido que no va a volver a casa. Ella lloró, y yo lloré, y luego le hablé de Tinder. Se horrorizó. Seguramente debería haber empezado por una aplicación para solteros cristianos como Christian Mingle.

Emma me suelta; le agradezco que se tome con calma lo de mi madre. A pesar de todo su sarcasmo y perspicacia, Emma es una de las personas más generosas que conozco. Y también una de las más flexibles. Dudo que mi madre y Emma puedan ser amigas alguna vez, pero me alegro de que ella nunca vaya a hacerme elegir entre las dos.

Mi madre saluda a Emma con un severo «Hola» (ya es más de lo que esperaba, sinceramente) y luego mira a su alrededor. Motas de luz dorada bailan por su rostro.

—Esto parece una gran producción.

—Hemos tenido muchísima ayuda —digo—. ¿Qué te pasa? No esperaba que vinieras.

Ella se encoge ligeramente de hombros y levanta una caja.

—Siempre presto al baile de graduación los cuencos de ponche de mi abuela.

Oh, vaya. Sé lo difícil que resulta para ella, pero comprendo hasta qué punto se está esforzando. Emma da un paso adelante y se ofrece a transportar la caja. Luego desaparece silenciosamente para dejarme con mi madre.

Sigue siendo reciente, sigue siendo duro, de modo que trato de ponérselo lo más fácil que puedo. Le doy un gran abrazo y la atraigo hacia mí.

—Gracias, mamá.

—Es lo mínimo que podía hacer —responde ella, y me abraza a su vez.

27

Otra vez la noche del baile

EMMA

—Así no, querida. ¡Camina, camina, date la vuelta, gira!

Broadway ha vuelto a invadir la casa de mi abuela una vez más. Dee Dee está sentada en el brazo del sillón, «probando» el bizcocho de mi abuela, y Barry agita las manos, intentando darme instrucciones mientras yo les muestro mi traje.

Van todos vestidos con sus mejores galas. De dorado, a juego con el tema de la velada, Dee Dee luce un traje de chaqueta con pantalón de lamé elegante a más no poder. ¿Y Barry? Tal como prometió, se ha puesto el esmoquin plateado que compró para aquel baile de graduación al que nunca asistió. Con pajarita y faja verde azulada, se resiste al bizcocho a base de darme órdenes.

Regreso al pasillo para volver a ensayar los andares de modelo de pasarela que Barry cree que soy capaz de ejecutar. Y la verdad es que, si me lo propongo, tal vez lo consiga. No suelo pensar demasiado en la ropa que me pongo. Solo me sirve para taparme el cuerpo y ahorrarme acusaciones de escándalo público.

Pero este traje es diferente. Esta noche me siento bien.

Nada de vestidos de noche. Esta vez no. Esta vez llevaré una americana de terciopelo negro que me hace sentir tan guapa que me entran ganas de cantar karaoke delante de desconocidos. Así de chula es la americana. No puedo parar de pasarme las manos por encima de las mangas, deleitándome con la calidez y suavidad de la tela. Si Alyssa y yo volvemos a romper, tal vez le pida una cita a la chaqueta. Hablo en serio.

La camisa es blanca y entallada, con bordes azules en el cuello y en las mangas. La corbata es de seda, con dibujos azules y púrpura, una pequeña galaxia que baja en espiral. Los pantalones, por encima de los tobillos, son de un azul más claro y están hechos de un material resbaladizo que susurra cuando camino.

Barry ha insistido en que me lo hiciera todo a medida y tengo que reconocer que tenía razón. Un buen trabajo de sastrería lo hace todo un ciento cincuenta por ciento más fabuloso.

—Vamos —ladra Barry, dando palmas con impaciencia—. ¡A ver esos andares!

Con una carcajada, echo los hombros hacia atrás para darle un poco de garbo a la cosa y desfilo por el pasillo hasta entrar en la sala de estar. Camino, camino, camino, intento girar sobre mí misma y entonces me echo a reír antes de conseguirlo. Es demasiado para una chica como yo.

Caigo tropezando en el sofá entre Dee Dee y Barry, y los miro a los dos. Vaya par. Han sido lo peor y lo mejor que me ha pasado en la vida. Me sigue pareciendo increíble que aparecieran en la ciudad con sus pancartas e irrumpieran en una reunión escolar con el reparto al completo de *Godspell*.

Me han puesto las cosas mucho más difíciles, pero ahora no puedo evitar contemplar el lugar donde me encuentro: vestida de punta en blanco y esperando que venga a recogerme mi novia para ir juntas al baile de graduación, un baile que va a ser mucho más importante que el de nuestro curso. Nada de esto hubiera sucedido tampoco sin ellos.

Tengo a mi abuela, que me quiere más que a nada en el mundo, y ahora tengo también dos (a menudo despistadas, definitivamente narcisistas) hadas madrinas, y eso es mucho más de lo que tienen algunos chicos. Una oleada dulce y dorada me llena de gratitud, y miro a Barry, luego a Dee Dee, y digo:

—Gracias.

—¿Por qué? —pregunta Barry, siguiéndome el juego. Sé que quiere escucharlo.

Con la ceja arqueada, Dee Dee dice:

—Por correr con todos los gastos del baile de graduación, para empezar.

Él le lanza una mirada y yo me río entre los dos. Recuesto la cabeza contra el hombro de Barry y digo:

—Por venir a Edgewater y arruinarme la vida. Realmente lo necesitaba.

—Bueno —dice Barry, dándome un golpecito en el brazo—, prefiero pensar que es una renovación.

—Sea lo que sea, me alegro de que sucediera. Porque estoy aquí, y vosotros estáis aquí, y, Dios mío, cientos de chicos y chicas gais de todo el Medio Oeste están aquí…

Barry sonríe y me da un codazo.

—Eh. Tú también mereces un reconocimiento.

—Sí, lo mereces. La mayoría de la gente no te lo concederá, así que tendrás que reclamarlo tú misma. Como en la naturaleza, es la ley del más fuerte. —Dee Dee se interrumpe con una mirada significativa y luego dice para sí misma—: *Tennyson: El musical*, reparto de Broadway original, 19. No me hagáis caso.

Mi abuela se echa hacia delante. Su cara redonda me resulta reconfortante y familiar. Para la ocasión se ha teñido un mechón de color lavanda, y lleva las uñas pintadas con los colores del arcoíris. Remata el *look* con una camiseta negra con las palabras BAILE PARA TODOS delante y CARABINA detrás. Realmente han pensado en todo.

—Dee Dee tiene razón. Has ayudado a que surgiera algo bonito de algo terrible y no puedo estar más orgullosa de ti.

Mientras yo me levanto del sofá para abrazar a mi abuela, oigo cómo Dee Dee le dice a Barry:

—¿Has oído eso? «Dee Dee tiene razón.»

Mi abuela me da un fuerte abrazo y me besa en ambas mejillas. Luego me endereza la americana, me coloca las solapas y me alisa la corbata. Tiene lágrimas en los ojos, y me pregunto si debe de estar pensando en mi padre. Al acogerme a mí lo perdió para siempre. Antes solía sentirme culpable por esta razón, como si hubiera separado yo a la familia. Pero ya no me siento así.

Todos hacemos elecciones, y todas esas elecciones son importantes. Yo siempre he sido exactamente quien soy; es él quien ha fracasado como padre. Pero esa es otra cosa terrible que ha dado paso a las cosas bonitas, porque no cambiaría a mi abuela por nadie.

Me defendió a ultranza mucho antes de que Barry y Dee Dee aparecieran en mi vida y es mi persona favorita en el mundo (aunque haga trampas en Super Smash Bros. Brawl). Espero que ella sienta lo mismo por mí; en realidad, estoy bastante segura de que es así.

Mi teléfono suena con un tono parecido a una sirena. Todos los presentes se incorporan y miran hacia la fuente del sonido. No me lanzo desesperada a responder, no hay para tanto, pero cruzo la sala con paso rápido para cogerlo. Desbloqueo la pantalla y sonrío al ver el nombre de Alyssa iluminado.

Giro ahora mismo por tu calle. ¡Me muero por verte!

—¿Viene? —pregunta Dee Dee.

—Claro que viene —dice Barry, y luego me mira nervioso—. Pero viene, ¿verdad?

Sostengo el teléfono en alto para que puedan verlo ellos mismos. No los culpo por preguntarlo. Yo apenas dormí anoche. En parte porque esto es un gran acontecimiento y todas las miradas vuelven a estar posadas sobre Edgewater (¿todavía?).

En los últimos dos días, un escuadrón de furgonetas de los canales de televisión ha ido apareciendo. Y esta vez no son solo emisoras de Indiana. He visto una furgoneta de la CNN aparcada frente al Beguelin's Pancake House en el centro de la ciudad, y otra de la NBC, nada menos que de la NBC, no la emisora local, dando vueltas a la escuela con una cámara colgando por la ventanilla.

Ayer también llegaron nuevos manifestantes, pero los desviaron al campo de maíz del otro lado de la calle. Ni siquiera son de aquí. Son de una iglesia del oeste que se dedica a buscar publicidad para subsistir. En cierta manera, es casi un honor. No se puede pedir más: ¡hemos despertado a las manadas de intolerantes a nivel nacional!

Lo mejor de esas protestas fue que los chicos de *Godspell* regresaron disfrazados después de hacer una función matinal en Terre Haute. En el periódico de la ciudad, a toda plana, salía una foto de unas figuras bíblicas haciendo el payaso delante de los forasteros. Un vídeo que captó ese momento se emitió también en todos los telediarios de anoche y sigue siendo *trending topic* en Twitter.

Pero reconozco que parte de mi insomnio se debió a que estaba… no sé cuál es la palabra adecuada. «Asustada» es demasiado exagerado. «Ansiosa» se acerca más. Me dolían los huesos y el cuerpo de tanto ansiar que esta vez Alyssa se presentara. Que todo fuera distinto.

Por una parte, estaba totalmente convencida. Por supuesto que va a aparecer. ¡Todo ha cambiado! Era solo un pequeño y plateado gusano de preocupación el que se retorcía en mi interior y gemía sin parar: «Pero ¿y si…? Pero ¿y si…?».

Después de recibir este mensaje, en este momento, el gusano ha muerto. Ahora estoy nerviosa por otra razón, porque ha llegado la noche del baile. Mi elegante vestimenta me llena de poder y me lanzo hacia la puerta para abrirla de par en par cuando oigo el motor del coche que acaba de llegar.

Vaya, es el vecino, el señor Martin, que vuelve a casa después de terminar su turno en la fábrica de transmisiones. Lo saludo con la mano y me cuelgo del marco de la puerta para mirar a la calle.

Noto cómo Barry y Dee se apiñan detrás de mí y todos esperamos con gran expectación. Después de aproximadamente cinco millones de años, un coche oscuro aparece y se acerca hacia nosotros. Es negro y elegante y está completamente fuera de lugar en nuestro modesto barrio. ¡Es perfecto!

—Entra en casa —dice Dee Dee—. Hazte de rogar. Hazte un poco la misteriosa. Que no piense que estás desesperada.

Por supuesto, en cuanto se detiene la limusina, salgo pitando de casa. Me siento capaz de saltar por encima de los tejados, pero ¡la gravedad todavía existe! Apenas puedo saltar desde el porche y me tambaleo al aterrizar. Pero no pasa nada, porque Alyssa sale disparada de la limusina y las dos chocamos en medio del jardín.

—Estás muy guapa —dice, al mismo tiempo que yo exclamo «¡Dios mío, estás preciosa!». Ambas balbuceamos y, sinceramente, no tengo ni idea de lo que estamos diciendo. Son gritos alegres, positivos, puntuados por besos. ¡En público! ¡En mi jardín!

Dudo que los heterosexuales sean conscientes de que nuestros besos siempre se producen fuera de la vista. Tan mágico como darse la mano en el cine, es increíble darse la mano en la calle. Un abrazo en el parque, un achuchón en un concierto. Por mucho que hayas salido del armario, en Indiana estas cosas no parecen posibles.

Lo son, lo pueden ser, pero también son peligrosas, porque nunca sabes cómo puede reaccionar la gente al verlo.

Así que lo de este momento me deja sin respiración. Estoy tan borracha de luz solar y de besos que pierdo el equilibrio. Alyssa me sujeta, y luego la sujeto yo, porque en estos momentos somos como una bola enredada y torpe de emoción pura. Entre el brillo de su sombra de ojos y el sabor a fresa de su pintalabios, podría perfectamente estallar de tantas sensaciones.

—Te he traído unas flores —dice, haciendo un gesto hacia la limusina—. Las he dejado en el coche.

Nadie me había comprado nunca flores. Extasiada, le aprieto las manos.

—Espera aquí, yo tengo un brazalete de flores para ti.

Me giro y vuelvo a entrar en casa (casi tropiezo con el segundo escalón del porche) y a duras penas esquivo a Barry. En estos momentos reboso tanto amor que podría explotar, y lo rodeo con los brazos. Abrazándolo con fuerza, le digo:

—Pobre de ti si no me reservas un baile.

—No hace falta que me lo pidas —responde. Me toma de las manos y se echa atrás, inspeccionándome por última vez antes de que me vaya. Se ha sonrojado y su sonrisa es cálida. Si no lo conociera, diría que está al borde de las lágrimas. De pronto agita la mano para abanicarse la cara—. Fuera de aquí, niña. Ve a por tu chica.

Me pongo de puntillas para besarle la mejilla, y luego me giro para coger el estuche del ramillete que sostiene mi abuela. Ella me acaricia la cara y luego, como el monstruo que es en realidad, me pellizca la mejilla.

—¿Cuándo es tu toque de queda?

—Cuando yo quiera —respondo, con una risita.

—Así me gusta —dice mi abuela, y me deja marchar.

Miro a Dee Dee por si me quiere dar algún consejo de última hora, pero veo que se debate entre el bizcocho y un paquete de pañuelos. Lo interpreto como que no tiene nada que decirme, me armo de garbo y de valor, y allá voy. Me despido de ella con la mano y Dee Dee se despide de mí con el mismo gesto, y vuelvo a salir por la puerta y a bajar los escalones en dirección a Alyssa.

El brazalete de flores, con claveles blancos y espliego, hace juego con el vestido de Alyssa, de color lavanda. Al ponérselo, lo contempla como si acabara de sacarme de la manga una pulsera de Tiffany o algo parecido. Ya hay demasiadas personas con los ojos llorosos, y creo que yo también me voy a echar a llorar.

—Es perfecto —dice.

—Me alegro de que te guste —respondo.

Y entonces, porque podemos, porque estamos en mi jardín, porque nos ha costado trabajo llegar hasta aquí, porque es preciosa, porque puedo, la vuelvo a besar y disfruto un rato largo de la suavidad de pétalo de sus labios. Estoy llena de vida, de chispa y fuego, y le ciño la cintura con mis manos.

—¿Estás lista?

—Totalmente —me dice, con los ojos brillantes.

Y, sin esperar más, subimos a la limusina y nos alejamos hacia nuestro amanecer privado, que en este caso resulta ser el baile de graduación.

Nunca pedí demasiado. Solo darle la mano a Alyssa y cruzar la puerta del gimnasio y rodearle la cintura con una mano mientras ella me pasa el brazo por el cuello. Bailar lentamente

261

al son de canciones rápidas y hacernos fotos bajo el cartel pintado a mano de una cabina telefónica.

Lo único que pedí fue mirar cómo los focos se reflejan en su piel y compartir un vaso de ponche verdaderamente lamentable en un gimnasio donde hace demasiado calor.

Y esta noche sucede. Es más de lo que nunca me atreví a desear; es algo épico, donde hay lugar para todo el mundo. Para los chicos y chicas de mi instituto. Para los chicos y chicas de fuera. Para gais y lesbianas, para pansexuales y bisexuales. Para no binarios y cisgéneros. Chicos y chicas heteros y dubitativos y homosexuales. Es como una nueva familia, y todos hemos salido del armario en nuestra gran noche.

Se celebra un baile para todos. Y gracias a las cámaras apostadas en la calle, estamos mostrando al mundo que es posible. Los actores de *Godspell* ejercen de acompañantes: nadie entra solo. Entramos a raudales en el gimnasio y nos dirigimos a las marquesinas; nos hacemos selfis y llenamos los platos y nos da un escalofrío al sorber el ineludible ponche nuclear.

Un ritmo de percusión nos urge a salir a la pista, y así lo hacemos, y nos movemos como si no nos mirara nadie. Cuando la música suena, a nadie le importa con quién estés. Y todas esas personas tan desgraciadas que protestan al otro lado de la calle… Estoy segura de que oyen el bajo; tienen que notar la alegría.

¿Y yo? Yo solo quería bailar con Alyssa. Alyssa Greene, el ligue del picnic de la iglesia y presidenta del consejo estudiantil. Lo hemos conseguido y aquí estamos. Bajo los focos, bajo las estrellas, bajo la bola de discoteca, bajo las tiendas, en el aparcamiento, calle arriba y calle abajo, en cualquier lugar de Edgewater, Indiana, y de donde quiera que seas, también... Vamos.

Es hora de ponerse a bailar.

La revista *Broadway Score!* organiza una charla entre Dee Dee Allen y Barry Glickman en las oficinas de su nuevo proyecto, *UN BAILE PARA TODOS.*

(viene de la página 1)

… una oficina elegantemente amueblada en el edificio Flatiron, que sin embargo no tiene vistas. El espacio es interior pero luminoso, con fotos en la pared del baile de graduación que se celebró el año pasado en Edgewater, Indiana, después de que la historia de discriminación de una adolescente gay del lugar se hiciera viral. Glickman, con su grandilocuencia marca de la casa, apenas se mantiene sentado en su silla ergonómica. Allen está sentada sobre el escritorio, arreglada y lista para ser fotografiada en cualquier momento. El humor de ambos podría describirse como efervescente.

BS!: Entonces, fuisteis abucheados en el instituto y en la feria de camiones. ¿Qué sucedió después?

BG: Una tragedia. Una farsa absoluta. ¡Una abominación!

DA: Organizaron un baile de graduación falso para nuestra chica y rompieron su delicado corazón. Nos quedamos destrozados. Apenas pude dormir durante varios días.

BS!: Me lo puedo imaginar. Pero entonces Emma publicó aquel vídeo maravilloso, y los apoyos llegaron en masa desde todos los rincones del mundo. Yo, por ejemplo, lo miré por lo menos cien veces.

BG: Todavía me quedo pasmado al verlo.

DA: Bueno, ¡menuda actuación estelar! Cosechó miles de visitas prácticamente de la noche a la mañana. Íbamos a meterla en el programa de Kimmel, pero con esas cifras…

BG: Al final terminó yendo al programa, con Alyssa.

DA: Lo hizo. Lo hizo [desvía la mirada por un instante]. No recuerdo la última vez que fui a lo de Kimmel.

BG: El 4 de Nuncajamás, querida.

[Se echan a reír.]

BS!: Después de que el vídeo se hiciera viral a nivel masivo, organizasteis un baile de graduación para todo el mundo. Hicisteis realidad el sueño de Emma.

DA: No reparamos en gastos.

BG: Alyssa Greene, la novia de Emma, fue la gran artífice. Sin duda, fue el cerebro de toda la operación.

DA: Pero el dinero hace girar el mundo, como se suele decir. ¡Y vaya si lo hicimos girar!

BS!: Lo que nos lleva hasta el momento presente. Habéis fundado la organización UN BAILE PARA TODOS. Es un grupo sin afán de lucro que habéis creado para celebrar otros bailes inclusivos por todo el país. ¿Dónde va a tener lugar el próximo evento?

DA: En Iowa.

BG: En Idaho.

DA: Otra aldea criada con maíz en medio de la nada. ¡Es un lugar encantador, solo tienen un semáforo!

BS!: ¿Y después?

BG: Habrá bailes por toda América. Adonde quiera que llegue el autobús de Broadway, estaremos ahí para apoyarlos. Y también estamos trabajando en una cosita…

DA: ¡Estamos escribiendo un espectáculo propio!

[Hablan los dos a la vez, pero al cabo de un instante, Glickman habla en nombre de ambos.]

BG: Estamos, en efecto, escribiendo un espectáculo propio. Tenemos el libreto casi terminado; hemos sacado las antenas para encontrar al compositor adecuado. En nuestros mejores sueños, Casey Nicholaw se ocuparía de la coreografía y de la dirección.

BS!: Eso suena increíble. ¿De qué va la obra?

DA: De nuestro viaje de ida y vuelta a Indiana, las angustias, los éxtasis… Nos interpretaremos a nosotros mismos, por supuesto.

BG: Estamos pensando en titularlo ¡EL BAILE DE GRADUACIÓN!

Agradecimientos

Este es el proyecto más satisfactorio en el que he trabajado nunca, y me siento honrada de haber sido la persona elegida para plasmar en el papel el punto de vista de Emma y Alyssa. Mi tarea no hubiera sido posible sin el maravilloso espectáculo que Bob Martin, Chad Beguelin y Matthew Sklar llevaron a Broadway y que luego me encargaron que pasara a prosa; muchas gracias.

Mi más sincero agradecimiento a Caitlin Kinnunen e Isabelle McCalla, Brooks Ashmanskas y Beth Leavel, cuya química y cuyas interpretaciones han ayudado a dar forma a cada una de las palabras que escribí; gracias. Mis más sinceras gracias a todo el equipo de Viking y de *The Prom* por unir fuerzas para hacer realidad este libro. ¡Ha sido un privilegio y un honor!

Todo mi amor y agradecimiento a mi brillante editora Dana Leydig, que pensó en mí para este proyecto y atravesó la tormenta conmigo. Me dijiste una vez que Ravenclaw y Slytherin forman un tándem muy peligroso; ¡nosotras también somos un tándem que lleva los proyectos hasta el final!

Por último, gracias, gracias, gracias a mi agente, Jim Mc-Carthy, que lleva desde 2012 haciendo realidad mis sueños de una manera constante. Gracias por esto, gracias por todo lo que hemos hecho ya juntos, y gracias por un futuro que veo con más claridad gracias a ti.

SAUNDRA MITCHELL

Querríamos dar las gracias a Casey Nicholaw por su capacidad de liderazgo, a Dori Berinstein y Bill Damaschke por su fortaleza intestinal, a Jack Viertel por su inteligencia, a Izzy McCalla por su humanidad, a Brooks Ashmanskas por su audacia, a Beth Leavel por su cinturón, a Angie Schworer por sus piernas, a Chris Sieber por su pelo, a Caitlin Kinnunen por su inquebrantable amabiCaitlinidad y a Saundra Mitchell por conectar con nuestro espectáculo de un modo tan profundo y llenar los vacíos tan maravillosamente. Además, nos gustaría dar las gracias a Cait Hoyt y Erin Malone por cerrar el trato y a Dana Leydig y Eileen Kreit de Penguin Random House por convertirlo en realidad.

Bob Martin, Chad Beguelin y Matthew Sklar

Los productores del musical *The Prom*, Dori Berinstein, Bill Damaschke y Jack Lane, quieren dar las gracias al responsable del espectáculo de Broadway Jack Viertel; al director/coreógrafo Casey Nicholaw; a los creadores del espectáculo Bob Martin, Chad Beguelin y Matthew Sklar; al espectacular reparto de *The Prom*; y a toda la familia que trabaja detrás del telón. También queremos dar las gracias a los directores generales Aaron Lustbader, Lane Marsh y Nick Ginsberg, y a los coproductores e inversores de *The Prom*. Un millón de gracias también a nuestro equipo de dirección de la casa y a la compañía, incluyendo a Marc Borsak y Alex Wolfe, así como a Kenny Nunez y al personal del Longacre Theatre. Gracias a Clint Bond, Meghan Dixon, y al equipo de On the Rialto; a Polk & Co., incluyendo a Matt Polk, Colgan McNeil y Kelly Stotmeister; al equipo de Situation, comandado por Damian Bazadona, Pippa Bexon y Rian Durham, y a nuestra familia de AKA, incluyendo a Scott Moore y Jacob Matsumiya. Y un agradecimiento especial a la maravillosa Rose Polidoro.

Pasa la página para saber más sobre el musical, los creadores del espectáculo y el reparto de *The Prom*.

Notas del coautor Bob Martin
sobre *The Prom*: el musical

Mayo de 2010. Chad, Matt, Casey Nicholaw y yo nos reunimos con Jack Viertel, venerable productor/escritor/director artístico y gurú del teatro musical en general. Casey nos ha citado en las oficinas de Jujamcyn en la calle 44 Oeste porque Jack quiere compartir con nosotros una idea. «Una chica de ciudad pequeña quiere llevar a su pareja del mismo sexo al baile de graduación, pero el instituto no se lo permite. Una pandilla de actores de Broadway acuden al rescate. Empeoran todavía más las cosas.» Cito de memoria, pero así es como lo recuerdo. Jack nos lanzó, de manera muy concisa, la premisa para desarrollar una trepidante comedia musical con sentimiento; un espectáculo basado en una cruda realidad sociopolítica, pero repleto de personajes ridículos que cometen estupideces. Dijimos que sí.

Noviembre de 2018. Estrenamos en Broadway. Bastantes cosas han sucedido en estos ocho años. Como es natural, el musical fue escrito y reescrito, ensayado, coreografiado, escenificado y vuelto a escenificar. Pero lo más importante es que el contexto sociopolítico en el cual fue concebido el espectáculo cambió de manera extraordinaria. Hubo un momento, en las primeras etapas de la escritura, en que pensamos que tal vez la obra ya no iba a ser relevante. Se estaban haciendo muchos progresos, en especial en el área de los derechos LGTBIQA+ y se respiraba una sensación general de optimismo. Pero incidentes como el que se describe en el libreto siguieron sucediendo, y luego unas elecciones polémicas y amargas dividieron el país en dos. De pronto, las personas se encontraron a un lado u otro de una división cultural vasta e infranqueable. Nuestra obra parecía de nuevo más relevante que nunca.

Tal vez esta sea la razón por la cual el ejército de personas involucradas en convertir el argumento de *The Prom* en un espectáculo de Broadway se han tomado su trabajo de un modo tan apasionado. Todos nosotros estamos desesperadamente necesitados de esperanza. Todos sentimos el dolor de Emma cuando se da cuenta de que la ciudad entera ha conspirado contra ella, todos lloramos cuando Barry baila de alegría en su habitación de motel tras saber que por fin va a asistir a un baile de graduación, y todos nos esforzamos con la señora Greene en su intento de ver a su hija como lo que es y no como lo que a ella le gustaría que fuera. El reparto, el equipo, todos los que participamos en la producción terminamos destrozados después de cada representación, porque la obra está llena de verdades dolorosamente cercanas. Al fin y al cabo, *The Prom* habla de la construcción de un puente frágil y tambaleante en Edgewater, Indiana, entre los bandos de la guerra cultural. Esperamos que aquellos que vean *The Prom* y aquellos que escuchen la grabación, rían y lloren y se sientan inspirados para construir sus propios puentes.

BOB MARTIN

A continuación incluimos algunos extractos de una entrevista realizada por el miembro del reparto Josh Lamon junto al equipo creativo formado por Bob Martin, Chad Beguelin y Matthew Sklar durante un acto promocional de *The Prom* en Nueva York.

JOSH LAMON: Desde tu perspectiva como letrista, como coautor, ¿qué cambios ha sufrido el espectáculo desde el primer día que os reunisteis alrededor de una mesa, pasando por el laboratorio y por Atlanta, hasta ahora?

CHAD BEGUELIN: Ha cambiado mucho. Creo que el cambio más importante es que, mientras nosotros íbamos afinando y trabajando en el texto constantemente, el mundo estaba cambiando. Pensábamos que el mundo se había convertido en un lugar mucho más tolerante y nos preguntábamos si el texto sería relevante, y entonces vinieron las elecciones, y de pronto se convirtió en algo mucho más importante y relevante. Todas estas cosas que parecían pertenecer al pasado cobraron de pronto un nuevo nivel de inmediatez. Yo no fui capaz de predecir que pasaría algo semejante. Ha sido un viaje muy largo y al disponer de un reparto tan bueno, escribir ha sido muy divertido para todos. Ha sido genial.

Nos concentramos mucho en dar un último repaso al guion y a la partitura para asegurarnos de que no retratábamos al otro bando como una simple caricatura. Queríamos asegurarnos de que todo el mundo recibía un trato justo, porque estas personas tenían simplemente creencias distintas y se veían obligadas a ponerlas a prueba a lo largo del espectáculo.

JOSH LAMON: Uno de los aspectos que más me gustan de *The Prom* es que se trata de una obra muy divertida, pero al mismo tiempo muy seria. Estamos hablando de una historia que sucedió en realidad.

BOB MARTIN: Varias, de hecho. Habla de varios incidentes que sucedieron y siguen sucediendo a lo largo y ancho de este país maravilloso.

JOSH LAMON: ¿Cómo lograsteis encajar la comedia con el material más serio?

BOB MARTIN: Me gusta esa combinación de que el hecho de aceptar verdades potencialmente desagradables sea más fácil cuando estás rodeado de personas como tú. Eres el azúcar que hace que la medicina sea más fácil de tragar. Pienso que lo más interesante de este espectáculo es que la gente llora, pero a la vez es extremadamente divertido. Como puedes ver, se produce una mezcla entre la comedia y la historia seria y fundamentada que es el meollo de la historia. Es notable que, después de la función, la gente se acerque a nosotros realmente conmovida. Una mujer vino a hablar conmigo con la cabeza gacha y me confesó que ella era la madre que se describía en la historia, con lágrimas en los ojos, delante de todos nosotros. Creo que es un espectáculo muy conmovedor por esa misma razón.

JOSH LAMON: ¿Qué tuvo de singular el proceso, en tu caso?

MATTHEW SKLAR: Bueno, es una de las primeras veces en que he escrito algo completamente original desde el principio. El resto de los textos que he escrito tenían siempre algún tipo de material fuente. De modo que era una gran oportunidad, y me encanta trabajar con estos tipos [Chad Beguelin y Bob Martin] y con Casey [Nicholaw]. Creo que juntos sacamos lo mejor de cada uno. La historia es muy emotiva. A medida que comenzamos a delinearla, a saber adónde nos dirigíamos y a pensar dónde colocaríamos las canciones, notamos que la comedia y el aspecto más dramático se complementaban. Ha sido muy bonito trabajar en este proyecto.